JN076814

YONJU-GO
45
福田健悟
お笑い芸人(吉本興業)
東風孝広
カバーイラスト

CONTENTS

主要登場人物

福田健悟

1986年生まれ。身長170cm。体重60キロ。B型。岐阜県出身。実家は宝石商。幼い頃はガキ大将。遊びで漫才をしていた。喜怒哀楽が激しい。ドラゴンボールが好きで、カードを集めている。推理系の漫画やアニメが好き。マリオカートのタイム記録は世界にも通用する。まわりの影響を受けやすい。ムードメーカーで授業参観日に保護者や先生も笑わせる。運動会で応援団をやっていた。中学はバスケ部に所属していたが、あまり行っていない。高校時代はモテモテ。ギャングのリーダーになってから、身体を鍛え始める。格闘技が好き。趣味はカラオケ。先輩から可愛がられるタイプ。

野口徹朗

ミステリアスな重要人物。1973年生まれ。身長175cm。体重67キロ。AB型。いつもビジネスバッグを持っている（中には更生プロジェクトを、担当している相手の書類が入っている）。ドジ。靴下を左右違うやつをはいていたり、Tシャツを裏表反対に着ていたりする。モテる。流行に敏感。型破りだから、上司からよく怒られている。父が大物。水泳が得意。パンクロックが好き。汗かき。よくハンカチで汗を拭く。合気道の達人。将棋が強い。

田畑

ガソリンスタンドで出会った低姿勢な中年。しかし実は極悪非道なヤクザ。1954年生まれ。身長170cm。体重75キロ。A型。真面目な顔と、凶悪な顔、2つの顔を持つ。普段は優しい顔つきだが、怒ると目が信じられないほど、吊り上がる。関西弁。車は軽自動車とプレジデント。セカンドバッグを持っている。

マナミ

福田健悟の彼女。1988年生まれ。身長155センチ。体重50キロ。A型。韓流好き。よく食べる。よく寝る。よく物をなくす。中学時代はテニス部、高校はダンス部に所属。コーヒーが好き。

翔吾

マナミの子ども。2006年生まれ。身長168cm。体重53キロ。A型。メガネをとるとイケメン。趣味は読書。お笑い、YouTube、ゲーム、アニメ、漫画が好き。大人しい。よく物をなくす母に優しく注意する。成績は可もなく不可もなく。バスケ部。

※本書は著者の実体験を基に書かれていますが、
出版にあたり一部脚色が加えられています。
なお、登場人物の名前、学校、地域などは一部仮名としております。

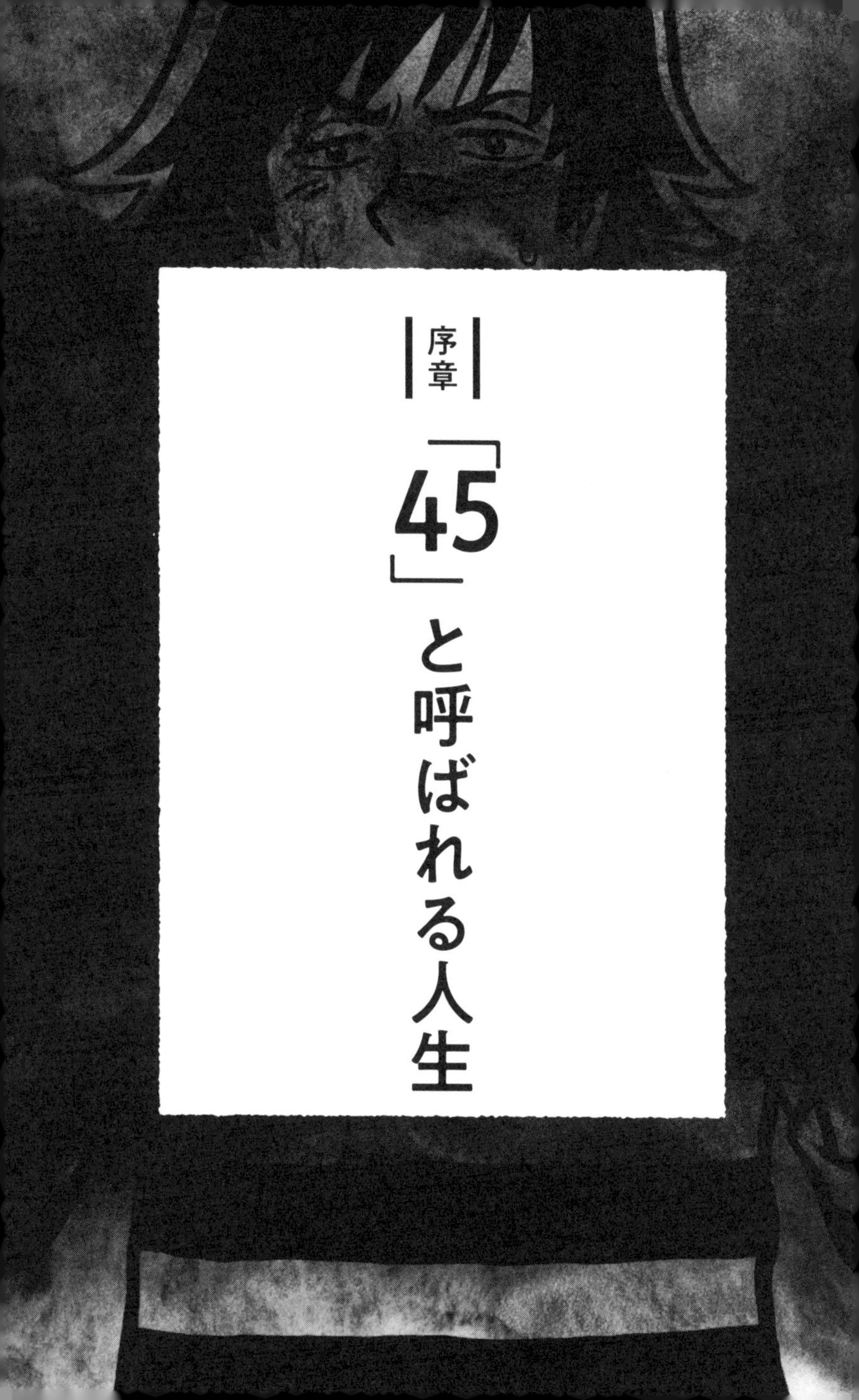

序章

「45」と呼ばれる人生

僕の名前は「45」

まさか彼とコンビを組むことになるとは思わなかった。

コンビ名は『プリズンフリー』。お笑いコンビというのは同級生コンビや年の差コンビなど、さまざまな組み合わせがある。テレビの世界で活躍しているコンビのほとんどが対等な関係性。上下関係が目立つコンビは、見ていて冷めるのだろう。

その点で言えば我がプリズンフリーに上下関係はない。とはいえ僕が相方に頭の上がらないコンビであることは間違いない。それは十何年も前から相方にはお世話になりっぱなしだからだ。売れるかどうかはわからない。相方の芸歴は0日。今日は彼の初舞台の日。対する僕の芸歴は約10年になる。そこそこ知名度はあるほうだ。つい最近も記者会見を開いたばかり。自分が事件を起こしたのだから仕方がない。この事件のキッカケになった要因は17年前まで遡る。

この頃の僕は番号で呼ばれていた。留置所で「45」と呼ばれ、鑑別所で「45」と呼ばれ、出所した後も「45」と呼ばれていた。

最初はドッキリだと思っていた。留置所で「45」と呼ばれていたことを誰かが言いふらしているに違いない。この時はまだ不思議というより怒りの感情。お笑い芸人ならまだしも、一般人の自分が「45」とイジられても面白くなかったし何よりしつこかった。サスペンス映画の主人公になってしまったのかもしれないと思ったのは次の出来事があったからだ。


まったく見ず知らずの赤の他人が自分のことを「45」と呼んだこと。それだけじゃない。免許証や保険証の名前も「45」に変わっていた。どれだけ指で擦っても修正した跡はない。ダメ押しで役場に住民票を取りにいった。卒業アルバムや免許証は、手の込んだイタズラで書き換えた可能性は0％じゃないが、住民票の場合は100％イタズラで書き換えることは不可能だ。役場の窓口で番号札を渡されて待っていた。

「45番の方～」

思わず返事をしたが呼ばれたのは別の人だった。身体に「45」が染みついて、自然に反応してしまう自分が嫌だった。

「52番の方～」

52番で待つ「45」。変な気分だ。周りからは不気味な笑みを浮かべて見えていたと思う。手渡された住民票の名前の部分には「45」と書いてある。俺は福田健悟だ。そう口にすればするほど、変な目で見られた。真剣に医者を勧められたこともあるが最初は断った。おかしいのは周囲の連中だと思っていたからだ。おかしくなったのは自分だとわかった瞬間に、思考回路がグチャグチャになる感覚に陥って病院を受診した。

病院に行って診断をしてもらっても原因は不明。あまりに真剣に訴えているのを見かねて、医者は精神安定剤を処方したが飲んでも緩和しなかった。誰に相談しても共感してもらえない。孤独と不安で気が狂いそうになった。他に方法を見出せず病院に通院する日々は続く。

目の前に現れた男

この日も病院に行って肩を落としながら帰っていた。その途中で『プルーム』という昔なじみの喫茶店に立ち寄る。エルビンに呼ばれたからだ。彼は鑑別所で知り合ったブラジル人だ。

「カランコロンカラン」

この店はいつも常連客で賑わっている。珍しく知らない男が来た。30代前半。七三分けでメガネをかけた細身の男。スーツを着ているからサラリーマンだろう。

「おばちゃん、アイスコーヒーまだ？」

「ちょっと待ってな！　せっかちは良くないよ、45」

ケーちゃんケーちゃんと呼ばれていた頃が懐かしい。景子おばちゃん。2人ともケーちゃんだね。こんな話をして盛り上がっていたのは過去の話。悪いことをすれば叱ってくれて、両親が不在の時は話し相手にもなってくれた。

「すみません、私もアイスコーヒーで」

サラリーマン風の男もアイスコーヒーを頼んだ。声はか細い。注文を頼みながら何度も会釈をしているのを見ると、気を遣う性格なのは一目瞭然。色白でいかにもインドア派の陰タイプという雰囲気だ。2人のアイスコーヒーは同時に運ばれてきた。

「はいよ！　一気に飲んじゃダメだよ！　お腹冷えるからね」

「わかってるよ！　何歳だと思ってんだよ」

「45は昔から変わんないからね」

たしかに何も変わっていない。「福田健悟」から「45」に変わったこと以外は。45か……もうこの呼び方を受け入れて生きていくしかないのか。半ば諦めの気持ちで感傷に浸っていた。

「番号で呼ばれるのは嫌ですか？」

ん？　誰だ？　この声はさっきアイスコーヒーを頼んだ男と同じ声だ。振り返ると、サラリーマン風の男はコッチを見ている。僕に言ったのだろうか？　番号は嫌ってなんだ？　聞き間違いか？　次から次へと湧き上がる疑問に頭が追いつかない。

「名前……取り戻しませんか？」

マズい。目の焦点が合わない。この男がしゃべればしゃべるほど自制心を失う。いつもならコントロールできる表情や感情も、全て制御できなくなった。息が荒くなって目眩も起こし始めたが、必死に理性を駆使して言葉を吐き出した。

「どういうことだよ」

男はスッと立ち上がって、テーブルの上に名刺を置いた。

法務省 特別監査室 呼称返還係 第一主任 野口徹朗

「オイ、待てよ！」

コースターの間に1000円を挟んで出て行く時の顔は、少し笑っているように見えた。

良いことをすれば名前が戻る？

「カランコロンカラン」

入れ違いでエルビンが入ってきた。去り行く男のことを目で追っている。しばらく立ち止まったあとで振り返ると僕の存在に気づいた。会うのは鑑別所の時以来だが、懐かしさに浸る間もなく驚きの言葉を放った。

「アイツ、法務省のやつか？」

なんでわかったんだ？　まだ名刺の話はしていない。あの男を追いかけたいという衝動が、少しずつ薄らいでいく。エルビンが差し出した名刺を見ると、別の男の名前が書いてあった。

法務省 特別監査室 呼称返還係 荒川芳雄

「お前のとこにも来たんだろ？」

僕は何かに突き動かされるように、胸ポケットからさっきの名刺を取り出した。それを見る前に、エルビンはメニューを見始めた。会話の続きを進めながらメニューを見てほしいと思うくらい、答えを急いでいた。

エルビンはアイスコーヒーを頼んだ。じゃあメニューを見る必要なかっただろ。そう思ったが、本題に入る前にへそを曲げられては困る。時間を無駄にされた憤りは胸にしまって、貧乏ゆすりで小さな抵抗をした。

「ごめん、待たせたな。俺たちは留置所に入って番号で呼ばれてから、名前を失ってるんだ。この話をするために今日は呼んだんだよ」

冗談を言っている素振りはない。にわかには信じがたいが、最近の出来事を考えると信じざるを得ない。どうやらエルビンの所にも、名刺を持った男が現れたようだ。立ち去ろうとした相手を捕まえて、いろいろと話を聞いたらしい。

すると、「法務省呼称返還係」の仕事内容がわかった。再犯率が多い日本を立て直すために、法務省が特別監査室という部署を立ち上げたと言う。この部署の役割は、不思議な力を使って犯罪者から名前を奪うこと。名前を取り戻すには更生をしなければいけないみたいだ。

「そんなこと言われても信じられねーだろ？　でもソイツが試しに募金をしてみろって言うから、近くのコンビニで募金したんだよ」

「そしたら？」

「名前は戻ってた」

「じゃあ今、お前は名前で呼ばれてるのか？」

「いや戻ったのは30秒だけだった。詳しく聞いたら、良いことをした時に名前が戻るっていうのは本当だけど、良いことの種類によって名前が戻る時間は変わるって言うんだ」

「よ、よくわかんねぇな……」

「嘘だと思うなら、募金してから携帯のメール画面を見てみな」

全てを鵜呑みにするには展開が早すぎる。猜疑心《さいぎしん》の塊のような顔をしていたのかもしれない。それも無理はないと理解を示してほしかった。早く真実を知りたい。立ち上がりながら携帯を取り出して、メール画面を開いた。送信者名は「45」。

募金をしたら本当に名前が戻るのだろうか。エルビンに早くアイスコーヒーを飲むように促して、レジに向かった。いつもならレジでおばちゃんと二言三言やり取りを交わすが、今日はそんな気分になれない。募金箱に1円を入れて外に出た。

メール画面を開いて、送信者の名前を見ると「福田健悟」と書いてある。エルビンが言うには、募金で名前が戻るのは30秒。1、2、3、4……。

心の中で秒数を数えている間は、周りの世界が止まっているようだった。30秒後にどうなっているのか。それ以外は何も考えたくない。クラクションの音だけが邪魔だった。名前のままであってほしい気持ちもあるが、番号に戻ってほしい気持ちもある。

あと6秒。時間が長く感じる。26、27、28……。デジタル時計の時刻が変わるような動きで、送信者の名前は「福田健悟」から「45」に変わった。

「嘘だろ。これ、世間の人が知ったら大ニュースになるんじゃねーか？」

「俺もそう思ったんだけど、大抵の人には信じてもらえないし、SNSでこのことについて書き込みをしようとしても文字が消えちゃうんだよ」

「そうか。教えてくれてありがとうな」

「あとひとつ。俺たちがいた鑑別所には他にも3人いただろ？」

「あぁ、114と21と55さんだろ？」

裕太と良輔と小宮さんだ。

「その3人にも連絡をしてみたんだよ。でも3人とも自分が番号で呼ばれてる認識がなかったんだ」

「認識がない？」

「例えば俺が裕太の名前を呼んでも、裕太は自分のことを114だと思ってるんだよ。だから俺は自分の頭がおかしくなったのかと思ってた。その時に例の名刺を持った男が現れてさ。根掘り葉掘り聞いたら、名前と番号を区別できないヤツは善と悪のバランスが悪に傾いてるってわかったんだ」

懐疑的ではあったが、ドラマのようなこの状況に少し面白味を感じ始めていた。一緒に謎を解明できる相手はエルビンしかいなかったが、自分より詳しく事情を知っているのは頼もしかった。

とりあえず今は何をすれば名前が戻るのかを試したい。用が済んだらサッサと帰すようで失礼だとは思ったが、エルビンとはここで別れた。駅に着いて電車に乗る。

扉が開くと、早速お年寄りが乗ってきた。募金の場合は30秒しか「福田健悟」にならなかったが、席を譲った場合はどうなるのだろう。感謝をされても反応は示さずにメール画面を開いた。

「福田健悟」

名前になっている。1、2、3……。30秒経っても「45」には変わらない。募金より席を譲るほうが良い行為なのか⁉ 1分30秒経過。未だ名前はそのままだ。一体このルールはなんなんだ。どういう基準で誰が作ったんだ?

10分経っても20分経っても名前は変わらない。途中で面倒になって要所要所で確認すると、1時間後には「福田健悟」から「45」に変わっていた。

もっといろんなパターンを試したかったが、日常生活で良いことをする機会はなかなかない。親切アンテナをビンビンに張っていても、チャンスは巡ってこなかった。

アンテナの感度が落ちて、平凡な暮らしを送っている時に限って機会は訪れる。中に現金3千円の入った財布が落ちていた。この場合は募金の時より金額が大きいこともあって期待できそうだ。いざという時のために名前を書いた紙を持ち歩いていた。

拾った財布を交番に届けてから紙を見ると「45」と書いてある。これはおかしい。矛盾している。1円の募金より3千円の財布を拾って届けるほうが価値が低いのか？　アイツに聞いてみよう。喫茶店の男からもらった名刺には電話番号が書いてあった。

「そろそろ連絡がある頃だと思いましたよ」

「1円を募金した時は名前が戻ったのに、3千円入った財布を届けた時は戻らなかったんだよ。どうなってんの？」

「さあ、なぜでしょうね？　考えてみてください」

「ていうかさ、あんたら法務省の呼称返還係っていうのは、再犯を防ぐための部署なんだろ？　じゃあ良いことした時は名前を戻せよ！　あと名前が戻っても一瞬だけだったら意味なくないか？」

「永久に名前を取り戻そうとは思いませんか？」

「永久に？　どうやってやるんだよ」

「今までの自分とは違う自分になればいいんですよ」

もういい。別に名前なんかなくてもいい。名前が戻るかどうかに限らず、更生しようとは思っていた。番号のままでもいい。だが何気なく日常生活を送っている時に、野口徹朗の言葉は甦る。今までの自分とは？　高校？　中学？　小学校？　いつから振り返ればいいんだ？　試しにやってみるか。こういうタイミングでもなければ、自分を振り返る機会なんて滅多にない。まず手始めに今の自分を形成する過程で欠かせない、家族の存在について振り返ることにした。

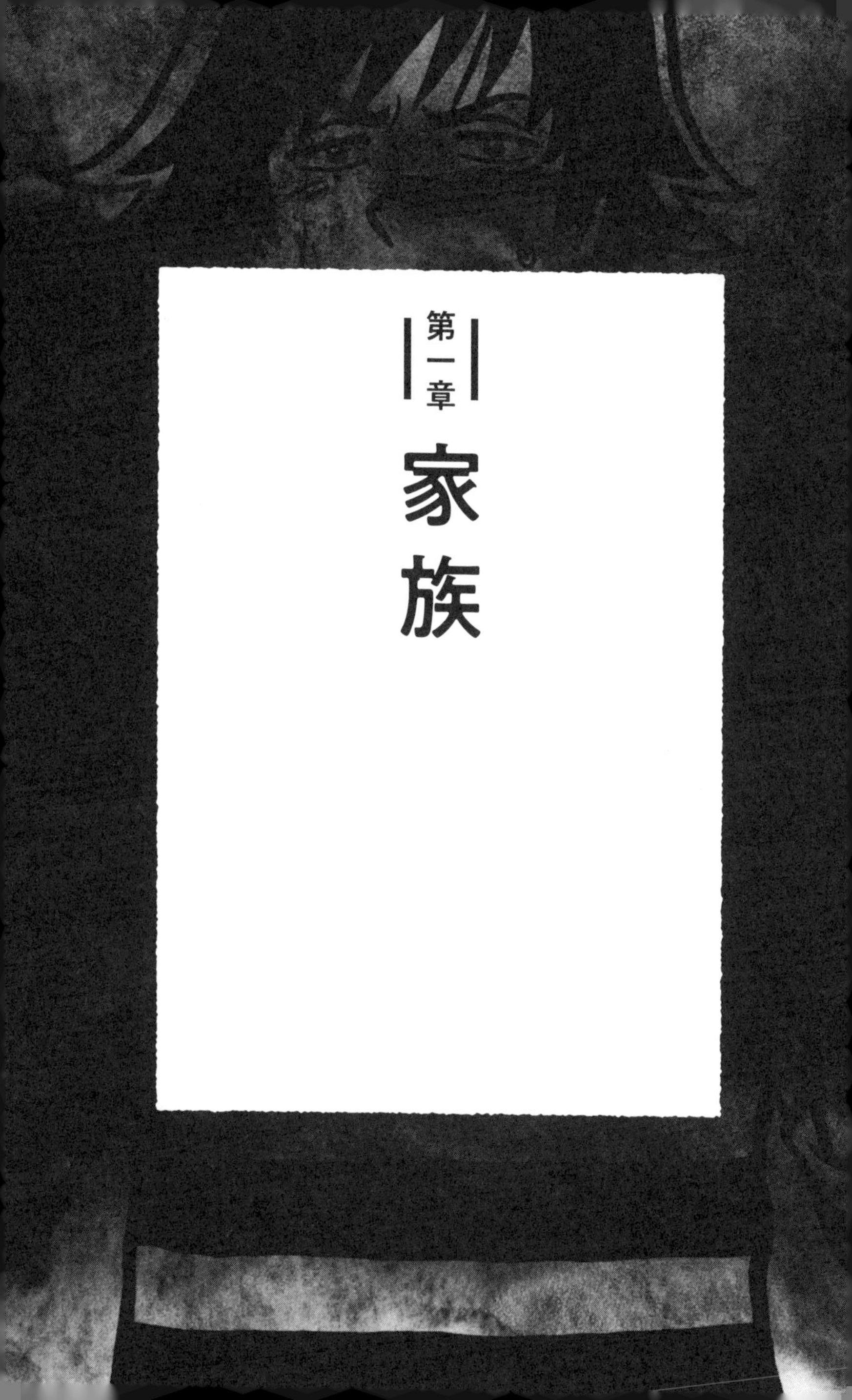

第一章 家族

陽気な家族

幼稚園の頃は両親と姉2人と僕の5人で、アパート暮らしをしていた。当時の記憶はほとんどない。この頃はまだ自動操縦で動いていた。自分で人生のコントローラーを握るようになったのは、小学生からだ。

このタイミングで父親の実家に引っ越しをして、祖母も合わせた6人で暮らすようになった。よく孫は目に入れても痛くないと言うが、祖母は僕が何をしても怒らなかった。

日曜日には毎週2人で喫茶店に行って、ケーキを食べていた。母親からすれば祖母は父の母。気を遣う部分があったのか、毎週の喫茶店代を気にしている様子が子どもながらに見て取れた。それを察して祖母に言った。

「喫茶店に行くのダメかな?」

「なんでそう思ったの?」

「お金かかるから」

「子どもがそんなこと遠慮するんじゃないの!」

祖母に初めて怒られた記憶だ。このおかげで僕は大人になってから先輩に誘われても、遠慮をせずに感謝を口にできるようになった。

姉たちとは歳が離れている。2人とも10歳以上年上だ。長女は一番上だけあって、権力を握っていた。冬の季節になるとリビングにあるストーブの前を陣取るのは長女。これには次女も僕も諦めていて、特に異論はなかった。

ある時、いつものようにストーブの前で陣取っていた長女がオナラをした。これぐらいはよくあることだがオナラをした直後。

「ピーピーピー」

とストーブが換気のお知らせをした。寒い冬だったが暖かい思い出である。

次女は明るくてひょうきんな性格だ。学校に行く前に着替えてリビングで寝転んでいると、スカートをはいた姉が顔の上をまたいでこう言った。

「プレゼント」

姉のパンツはプレゼントにならない。変わった姉だ。こんな2人だが両方とも10歳以上年上で、よく遊んでくれた。基本的には優しい2人だ。

母の天然っぷり

母は少し天然なところがあった。飼い猫のミーが忽然と姿を消した時の話である。

「探しにいったほうがいいかな?」

「そのうち帰ってくるって」

「外にいるかもしれないから、見にいってくる」

心配性は母の特性のひとつだ。その直後にミーは風呂場のほうからヒョコっと顔を出した。まだ母は畑の中でミーを探している。見つかったことを伝えるために身振り手振りで母を呼んだ。

「良かったぁ。畑の中にいたからミーちゃんミーちゃんって手を振りながら近づいたら、白菜だったのよ」

言い分としては外が暗くてミーは白と黒の混同色だったから、見間違えたのは仕方ないとのこと。こういった間違いは一度や二度ではない。

「あれ? クーラーのエアコンがない」

「クーラーのエアコン?」

時間が経って考えればリモコンの言い間違いだとわかる。咄嗟に言われると暖房だけのエアコンがついに発売されたのか？と思ってしまう。すぐにリモコンのことだとわかって一緒に探したが先に見つけたのは母だった。リモコンは母のカバンの中にあった。どういう間違いでカバンに入れたのだろう。言い間違えと謎な行動のダブルパンチだ。エピソードはまだまだある。

「ねぇ、聞いてくれる？　仕事場の人が失敗して先輩に怒られててさ。そのあと、すぐにお母さんが先輩に話しかけたら、コッチにまでとばっちりがきたのよ」

「それ嫌だね！　八つ当たりじゃん」

「お母さんも悪いんだけどね」

「なんで？」

「水に油を注いだから」

励ましたかったが思わず笑ってしまった。

笑いごとじゃない話もある。

ATMに現金をおろしに行った時に、カードを入れて暗証番号を入力して金額を打って、現金を取らずに帰ってきた。幸い現金は無事だったようだが一歩間違えれば盗られてしまう。

また一緒に買い物に行ったときの話。車の中で待っていたら、母は10分後に買い物を終えて戻ってきた。と思った直後に慌てて店の中へ走る母。再び戻ってきた時に何があったのかを聞いてみた。

「お金払うのを忘れてた」

まさかの回答だった。商品を積んだ買い物カートは駐車場まで出ていた。あまりに堂々としすぎていて万引きGメンも気づかなかったのか。あとから振り返れば笑い話だが当時は心配だった。

厳格で頼れる父

対する父は厳しくて頼りになる人だ。

「ご飯できたよー」

この呼び声が聞こえた時、僕はリビングで漫画を読んでいて父はテレビを見ていた。2人で洗面所に手を洗いに行って食卓についたその瞬間。父が手を洗ったかどうかを尋ねてきた。耳を疑った。どういうことだ？　今さっき一緒に洗いにいったばかりではないか。忘れたにしては早すぎる。時間軸がごっちゃになっているのか？

「ん？　さっき漫画を読んでたから？」

「その口の利き方はなんだ！」

左頰を思いっきりビンタされた。何か間違えたのか？　口の利き方が悪かったとは思えない。だが恐怖で逆らうことはできなかった。この時の僕は左の奥歯が虫歯だった。

「やめて。こっち虫歯なんだから」

母の優しさだ。

「じゃあコッチか」

優しさがアダとなって余分な一発が右頰に追加された。このことで父を責めてしまったことがある。自分に対する愛情がないのではないかという誤解が原因だ。そうではないことは、あとになってわかる。

いつもは無口で厳格な父だが僕が産まれた時は、カメラを持ちながら走り回っていたと祖母に聞いた。そんな父を責めてしまった後悔と罪悪感は今でも胸の中に残っている。「父は背中で語る」というが、背中ではない場所で語ってくれたことがある。

小学生の頃に風呂に入っていて、何気なく股間を見るとブツブツができていた。このブツブツは陰毛が生える前にできる毛穴のブツブツだった。この時は病気になってしまったと思って大声で父を呼んだ。

「お父さーん!!」

風呂場で絶叫する僕の声を聞いて慌てて駆けつけてくれた。病気になったと涙ながらに訴える息子を見て何かを察したであろう父は、何も言わずに黙って自分のパンツをずらした。父が股間で語った瞬間である。

他にも影響を受けた出来事がある。

「ネギを買い忘れたから買ってきてくれない？」

食材を買い忘れた母が夕飯の支度をしながら父に頼んだ。父はおもむろに立ち上がって、僕の前に車の鍵を置いた。何が起きているのかわからずに呆然としていると……。

「何してるんだ健悟。そこは1回まず立ち上がって行ってきます。いや、僕はまだ小学生だって言わないと」

なんと小学校3年生にノリツッコミを要求してきた。こういう環境で育ったことが後々お笑いを好きになった理由だろう。

余談だが父にはひとつ秘密にしていることがある。小学生の頃に友達同士で魚釣りに行った時のこと。1匹も釣れずに帰る支度をしていたら、近くにいた釣り人が自分たちの釣った魚を譲ってくれた。

「おー、すごいのが釣れたな」

家で待っていた父はうれしそうだった。本当のことを言わなければいけない。でも言おうとすると矢継ぎ早に質問が飛んでくる。どこで釣ったのか。エサは何を使ったのか。

「お腹に針の跡があるな！　これは難しい釣り方だぞ」

「う、うん」

結局この魚を釣ったのは僕ということになった。初めて釣った魚の記念として作った魚拓は、今でも実家の倉庫にヒッソリと眠っている。

こうして振り返ると元ヤンにありがちな悲惨な家庭環境どころか、温かい家庭で育ってきたことがわかる。では道を踏み外した要因はなんなのか。次は自分自身の過去を振り返ってみよう。

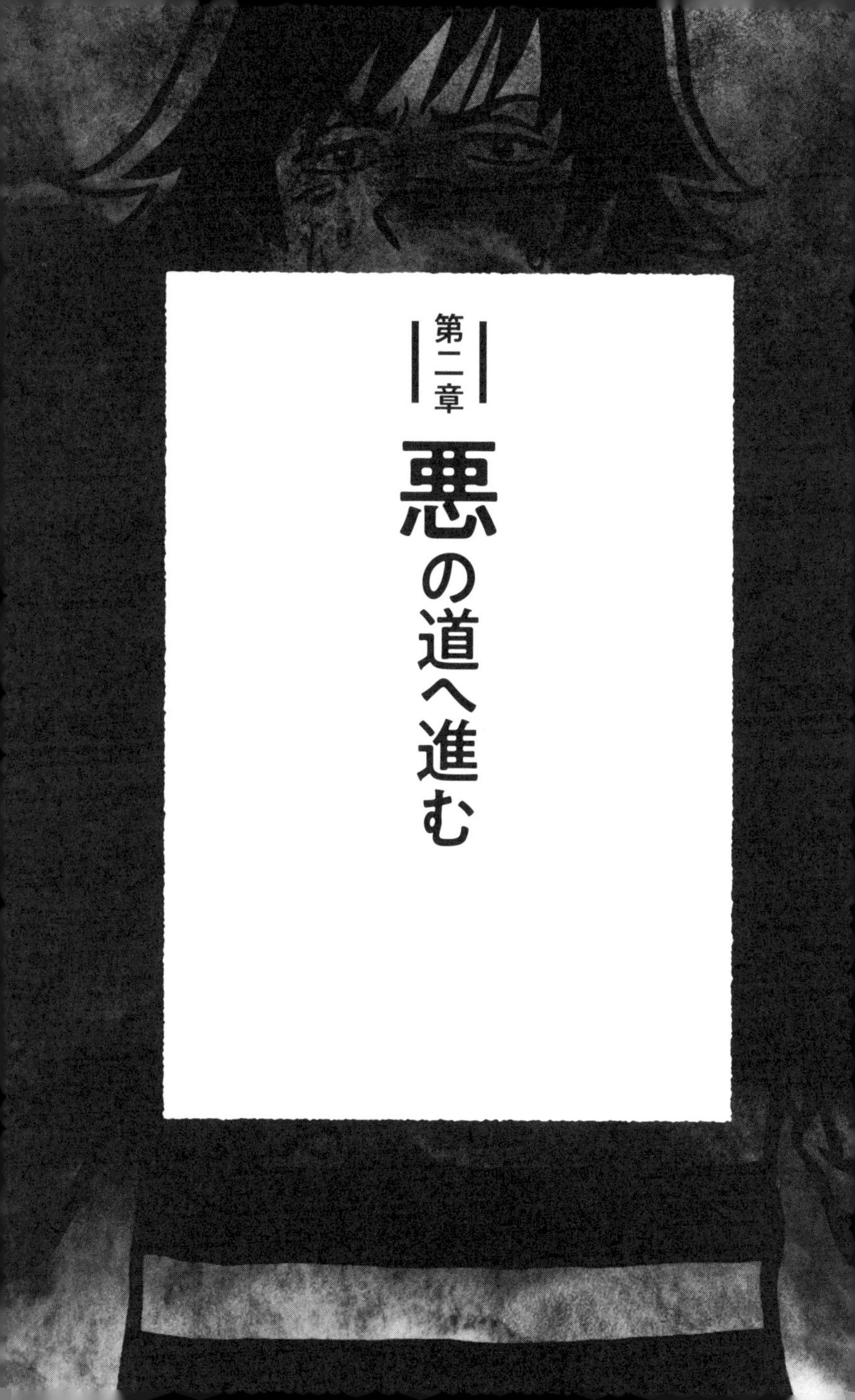

第二章

悪の道へ進む

「悪魔の子」と呼ばれた悪ガキ時代

子どもの頃の僕は悪魔の子と言われていた、らしい。たぶん人生で最大に悪かったのは小学生の頃。そこから中学生になり高校生になり少しずつ落ち着いていったと思う。中学に上がって、小学生の頃より落ち着いていた僕に友達は言った。

「あの頃の健悟は悪魔だったよ」

思い当たるフシはある。本当の悪魔は悪魔らしさを全面に出さない。先生や両親の前では良い子を演じて、学校では番長的な存在になった。そんな僕に面と向かって悪魔の子と呼ぶことができたのは、前述した通り中学生の頃の僕が落ち着いていたからだ。

それでもタバコは吸っていたし、生意気な後輩だった川田さとしにヤキを入れたことはあった。さとしは腰パンをしていた。それだけ。さとしを戒めた理由は他に何もない。さぞかし納得がいかなかったと思う。

当時は2002年。カラーギャングの全盛期だ。2000年4月から始まったドラマ『池袋ウエストゲートパーク』の影響か。このドラマは窪塚洋介さん演じるキングがカラーギャング集団Gボーイズのリーダー。

トリッキーな役だがカリスマ性があって格好良かった。長瀬智也さん演じるマコトも、グループに属さない一匹狼タイプで格好良かった。『ギャングイーグル』という地元岐阜県最大規模のギャングチームが作られたのは1998年。

他にも『クラップス』『ヘルズファミリー』『ブラックキラー』というギャングチームが存在した。大きな違いはファッションカラー。ギャングイーグルは赤。クラップスは青。ヘルズファミリーは黄色。ブラックキラーは黒。

どのチームも大抵は16歳から18歳の集まり。高校1年生から3年生までといったところ。このチームの存在を15歳の僕が知ることになったのは新聞や噂話からだった。目の当たりにしたのは中3の夏休みの時。みんなでゲームセンターに行って遊んでいたら、仲間の1人が赤色の集団に絡まれた。

絡まれたのは岩田稔。彼はボクシングをやっていた。

「オイ！　そのバンダナとれよ」

稔は腰に黒のバンダナを巻いていた。バンダナはカラーギャングのシンボル。急いでバンダナを取ったものの時すでに遅し。稔は顔面を腫らして戻ってきた。初心者だったとはいえ、ボクシングの経験者だった稔でさえ手も足も出なかった。

「アイツら絶対やり返してやる」

強がって言っているだけなのはわかったが、プライドを傷つけないためにも指摘はしなかった。このことがあって、2人でギャングチームを結成しようという話を稔に持ちかけた。

稔は今より強くなるに違いない。虚勢を張っていただけとはいえ、ギャングイーグルを相手に報復を口にするようなやつだ。コイツとなら誰もが恐れるチームを作れるはず。そう思ったのも束の間。3日後に別の中学校に通っていた彼女から送られてきたメールを見て考えを改めた。

『クラップスが健悟くんたちのチームを潰しに行くって聞いたよ』

この知らせを稔に伝えて数分後。2人の意見は一致。解散を決意した。名も無き中学生ギャングは3日で解散をする運びとなった。やむを得ない。クラップスは50人から成るチーム。全員が年上だ。

中学生2人が高校生50人を相手にして勝てるはずがない。そんなことができるのは隣町の中学に通っているマサキくらいだ。マサキは高校生3人に絡まれて、1人で全員を倒したという逸話の持ち主だ。

結局この後クラップスが攻め込んで来ることはなかったが一抹の不安は残った。高校生になったらカラーギャングという存在が身近になりそうな気がする。噂ではパー券を売りつけられるとのこと。この不安を打ち消すには充分な話が友人の賢司から舞い込んだ。

「俺の先輩でギャングイーグルの人いるから紹介しよっか」

断る理由のない提案だった。次の日には賢司と一緒に大木くんに会いに行った。大木くんは2個上の先輩。中学の頃は恐ろしすぎて近づくこともできなかった。地元のゲームセンター『パラディア』に大木くんはいた。

「おぉ、じゃあ集会に来いよ」

「はい！　ありがとうございます」

賢司の推薦があって見事にギャングイーグルへ入ることになった。と思い込んでいた。よく考えたら集会場所も日時も聞いていない。集会には顔を出さないまま、月日は流れて高校生になった。

天下のギャングイーグルに正式加入

高校は噂通り荒れた場所だった。悪そうな連中がたくさんいる。いや待てよ。僕はギャングイーグルだ。揉め事があってもギャングイーグルの名前を出せば回避できる。この浅はかな考えで、周りには自分がギャングイーグルの一員だと吹聴していた。そんな最中に1本の電話がかかってきた。

「ギャングイーグルさんっすか？」

「あ？　だったら何だよ」

天下のギャングイーグルに何て口の利き方をするやつだと思った。一度も集会に顔を出したことがないのに、ギャングイーグルとしてのプライドが芽生え始めていたのだ。

「俺らが本物のギャングイーグルだよ！　今からパラディア来い」

終わった。明らかに名前を利用したと思われている。嘘をついていたつもりはない。集会には行っていないが、大木くんは僕のギャングイーグル加入を反対はしなかった。どうしよう。呼び出しには応じたくないが、応じなければ家まで来るかもしれない。電話番号を知っていたんだから、家の場所を知っていても不思議ではない。

パラディアは家から自転車で約5分の場所にある。遅れたら火に油を注ぐことになる。急いで家を出た。今までの人生は窮地に陥っても、なんとか乗り越えてきたが今回こそは打つ手がない。先に着いて待っていると遠くのほうからバイクの音が聞こえてきた。

1台や2台じゃない。すごい数の音だ。ドクン。一気に鼓動が速くなった。その瞬間に前方からバイクが1台2台3台と来るのがわかった。約10台以上のバイクに20人以上が乗っている。ぞろぞろとバイクから降りてきた男たちの視線が全て自分に突き刺さる。

いきなり殴られるのか？　この人数に殴られたら死んでしまう。こんなところで僕の人生は、終わってしまうのか？　仲間たちを従えるように1人が先頭に立って問いかけてきた。

「お前か？　ギャングイーグルの名前を利用したヤローは」

怖い。怖すぎる。言いたい。賢司が僕を推薦してくれた時に、大木くんは反対しなかったと声を大にして言いたい。大木くんは集会へ来るように……。あれ？　目の前で僕に話しかけている相手は大木くんだ。怖くて見れなかったが間違いない。

「グローブ持ってこい」

ダメだ。忘れている。僕ですよ、僕！　この前の僕ですよ！　そう言いたいが喉元までしか言葉は上がってこない。大木くんにグローブを持ってくるように言われた後輩らしき人は、バイクの椅子の蓋を開けてハサミを取り出した。そのままゲームセンターの中に入っていき、出てきた時にはグローブを手にしていた。

「パンチングマシーンのやつ切ってきました」

無茶苦茶だ。こんなことを平然とやってのける連中に敵うはずがない。言われるがままにグローブをつけた。あれよあれよという間に約20人が僕を囲むような形で円になって、人工的リングが完成。

前に出てきたのは中学時代の1個上の先輩。この人が言うには以前ゲームセンターで僕に睨まれたとのこと。まったく身に覚えがない。まず間違いなく殴り合いをするための理由づけだ。

「本気でやんなかったら全員で袋にするからな」

何を言ってるんだ、彼らは。本来なら殴り合う相手が本気を出さないほうが勝つ確率は上がる。それくらい僕との戦いには余裕があるということか。いいだろう。こうなったら本気でやってやる。勝てば官軍で許される可能性はある。

「はーい、じゃあ1ラウンド3分ね！　よーいスタート」

携帯のストップウォッチ機能を使って時間を計り始めた。ふざけている。コッチは決死の思いなのに彼らにとっては遊びでしかないのだ。小学校の頃を思い出そう。喧嘩で負けたことは一度もない。悪魔の子と呼ばれていた。今まで幾人をも沈めてきたパンチを打ってやる。1発目は顔に当たった。表情は歪んでいる。よし。このまま押し切ってやる。

そう思った直後のことだった。気づけば僕の舌は地面を舐めていた。立ち上がって再戦を挑める状態じゃないのは、第三者が見ても明らかだったと思う。鼻血の流れ方が「タラッ」ではなく「ドロッ」だった。相手の1人が付き添いでトイレに案内してくれた。

「大変だったね」

「ハァ、ハァ、はい」

息切れが止まらない。水で洗い流して、なんとか血は止まったものの鼻の痛みが尋常ではなかった。トイレから出て引き続きどんな目に遭わされるかわからなかったが、不思議と恐怖心はなくなっていた。このチームの人たちは血も涙もない連中ではない。勝負ありと判断した時点で止めてくれた。

「よし。じゃあ今週の土曜19時に集会来いよ。岐阜の十六前（十六銀行の前）な」

せめてもの罪滅ぼしか。大木くんは途中で僕のことを思い出した様子だった。何にしろ予想外の結末。メンバーの前で正式なオファーをしてくれたということは今度こそ加入確定。こうして僕は地元で最大の規模を持つ、ギャングイーグルに入ることになったのだ。

家まで自転車を漕ぎながらも、興奮は未だ冷めやらぬ状態だった。ついに地元で最大のチームに入ることができた。まだ胸はドキドキしている。鼻はズキズキしていた。

「どうしたの⁉　それ！」

顔を見るなり母は言った。ギャングチームにやられたと知ったら、通報してしまうかもしれない。自分が入るチームを警察に売るわけにはいかない。歩いていたら急に不良に絡まれて殴られたと嘘をついた。すぐに病院に行って診断をしてもらうと鼻の骨にはヒビが入っていた。

翌日。学校中に噂は広まっていた。しかも話には少し尾ヒレがついていて鼻の骨はヒビではなく、折れたことになっていた。みんなに心配をされたり話題の中心になったりするのはうれしかった。羨望の眼差しで見ている者までいて鼻の骨にはヒビが入っていたが鼻高々だった。

次の土曜日は初めての集会。特に準備はない。唯一あるとすれば服だ。ギャングイーグルのチームカラーは赤。返り血が飛んだ場合にカモフラージュになるからという恐ろしい理由だ。赤色の服は普段そんなに着ない。買う金もない。親にギャングチームのユニフォームを買ってもらうのも変な話だ。

1枚や2枚どこかにないだろうか——押し入れから出てきたのは父の赤いTシャツだった。ピチピチだ。さすがにこれを着ていくわけにいかない。試しに着てみたがパッと見はカラーギャングではなくゴルファー。

このあとも、いろんな引き出しを開けたが出てくるのは姉のニットや祖母のちゃんちゃんこだった。家中の服を散乱させて、なんとかそれらしい服を見つけた。

来たる土曜日。時間どおりに言われた場所に行くと、赤色のズボンに白のタンクトップを着たイカツイ人が閉店後の銀行の前でノートパソコンをいじっていた。間違いない。この人がリーダーだ。

「すいません。今日ここに来るように言われた福田です」

「おぉ、お前か。根性あるらしいな」

そんなふうに伝わっているのか。てっきり嘘つきの半端者という認定を受けていると思っていた。リーダーはパソコンをしまって歩き出した。

途中でコンビニに寄って外でリーダーを待っていると何やら紙を持って出てきた。再び歩き出してショッピングモールの横を通った時にピタッと足が止まった。目線の先には水着を着たマネキンが3体立っている。柄は水玉と黒と白。

「どれがいい？」

なんだ、この状況は？　答えによっては怒られるのか？

「水玉です」

「……だな」

謎の時間だった。緊張をほぐすために和ませようとしてくれたのか。だとしても他に方法はなかったのだろうか。


そんな思いに駆られながら歩くこと5分。到着したゲームセンターの前には約50人の集団が溜まっていた。もれなく怖い人たちばかりだったが今日からは仲間。リーダーに紹介してもらって挨拶をした。特に反応がないまま再びリーダーが話し始める。

「点呼をとるぞ！　1、2、3、4……」

並んでいる順番に番号を言っている。どうすればいいかわからなかったが、前の人が番号を言ったあとに続けて番号を言った。周りの反応は一応コイツも言うのか。そう思っているのが伝わった。

この間《ま》に耐えながら次の行程に移るのを待っていると、今度はコンビニで印刷したであろう紙が配られた。そこには地名とメンバーの名前と電話番号が記載されている。パソコンを触っていたのは名簿を作るためだったのだ。もちろん僕の名前はまだない。

「その場所で揉めたら必ず近くの支部の人間に連絡するように」

なるほど。つまり僕は岐南《ぎなん》支部の人たちに連絡をすればいいということだ。他にも笠松支部、各務原支部と書いてあって、養老支部のところに「シャロン・ファービィー」と書いてある。見渡しても外人さんは見当たらない。再び移動することになって公園に向かっている道中で、後方から耳を打つ笑い声が聞こえてきた。

「ヒャーハッハッハッハ」

見るからに強そうな外国人。ひと目見てわかった。シャロン・ファービィーだ。今までに見てきた不良とはレベルが違う。笑いながらライターで名簿を燃やしている。これがギャングイーグルなんだ。他の面々を見ても逆立ちしても勝てないことが容易にわかる。

公園に着いたあとは座って待っているように言われて指示どおりにしていた。なんだろう。胸騒ぎがする。これから起こることを第六感が予期していたのか。リーダーより上の雰囲気を漂わせた人が不意に現れた。

「なんで呼ばれたか、わかってるな?」

どうやら何日か前にギャングイーグルは祭りに参加をして、他のチームと喧嘩になったらしい。

その時に話し合いで解決したことを怒られているようだ。

「話し合いで終わらせるのが、岐阜で1番のチームのやることか？　それがわかんねーなら、俺が今から全員ブン殴ってわからせてやるよ」

ごもっともだ。話し合いで解決するなんて……ん？　ちょっと待てよ。全員ブン殴る？　もちろんだけど僕は関係ないよな？　殴る瞬間にハッとするに決まっている。見たことのない顔だから許してやる、と。いや可能性は低い。殴る前に冷静な判断をするとは思えない。これほどまでに理不尽な連帯責任が世の中にあるだろうか。

「なぁ、どう思う？　啓介」

目線の先には小学生の頃に一緒に遊んでいた小野啓介くんがいた。見た目の変化で気づかなかったが名前と雰囲気で一致した。そういえば啓介くんはギャングイーグルに入っていたと聞いたことがある。

頼む。啓介くん。僕に気づいてくれ。僕だけでもいいから助けてくれ。この人間性が窺い知れる祈りは奇跡的に叶うことになる。

「平和が一番」

場は水を打ったように静まり返っている。まさかの一言だった。聞き間違いをしたのではないか？と思っていた者が多数だったと思う。たしかに啓介くんは「平和が一番」と言った。さっきまで怒っていた先輩も煮え湯を飲まされたような顔をしている。

「……じゃあ仕方ねぇか」

この人も見るからに只者ではない雰囲気だが、啓介くんの一言で状況は一変。もう僕の知っている啓介くんではなさそうだ。なにはともあれ鉄拳制裁は免れた。初日にして今後の不安とワクワクを感じられる1日になった。

この日にわかったことはアウェーだということ。同年代は僕以外に3人いるが、彼らは固まって行動をしている。このチームに馴染むためには僕にも知り合いが必要だ。誰を誘うか考えたうえで、直感に従って高崎を誘うことにした。よく遊んでいたからだ。返事はあっさりOK。次の週には一緒に集会に行く約束をした。

電車で行くには僕の家からのほうが利便性が良い。ひとまず我が家に集合することにした。母は僕たちが赤色の服を着ているのを見て怪訝そうな顔をしている。この違和感を払拭するために2人でバンドの練習に行くという嘘をついた。

最寄り駅まで自転車で向かっていると、マンションの前に数人がたむろしていた。悪そうな連中だったが僕たちはギャングイーグル。赤色の服を見れば一目瞭然。勝ち誇ったような気持ちで自転車を漕ぎ続けること約10秒。後ろからバイクの音が聞こえてきた。

「なにガンつけてんだよ」

おいおい。相手が誰だかわかってるのか？　俺たちは天下のギャングイーグルだぞ？　後悔先に立たずという言葉を知らないのか？　と心の中で言い終わる前に相手の顔を見てハッとした。

暗いからわからなかったが、前にギャングイーグルのリーダーと仲良くしゃべっていた人だ。相手が誰だかわかっていなかったのは僕のほうだった。後悔先に立たず。自転車を漕ぎ続ける高崎を止めて、僕は自転車から降りた。

「すいませんでした」

「名前は？」

「福田です」

「そうか、ギャングイーグルのヤツだな？　あんまり調子に乗るなよ」

良かった。ギャングイーグルに入っていなかったら、殴られていたかもしれない。駅に着いて電車を待ちながら、ホームで高崎と共に安堵感を分かち合った。

集会場所にはリーダーが先に着いていた。高崎を紹介して他のメンバーが集まるのを待った。同年代の3人にも高崎を紹介したのがキッカケで、アウェーな空気感は取り払うことができた。そんな和やかな空気を断ち切るように……。

「福田って、どいつ？」

大木くんが僕の名前を呼んだ。どうしたんだろう。賢司が僕をギャングイーグルに推薦したことを完全に忘れていた大木くんは、未だに僕のことを認識していない様子。仕方がない。それにしても何の用だろう。

「今日ここに来る途中で謝っただろ?」

嫌な予感がした。ここに来る途中で絡んできたバイクの人から連絡が入ったのか。リーダーと仲良さそうに話していたということは大木くんとも同年代。それを知らずに睨みつけてしまったことを怒られる流れだ。

「チームの名前を汚してんじゃねーよ！　俺らにやられるのがいいか、他のヤツにやられるのがいいか選べ」

勘違いしていた。先輩の友達に不遜な態度をとったことが良くなかったのかと思っていたが逆だった。2度目の危機だ。最初の洗礼を受けて痛いほど分かった。この人たちの強さは尋常じゃない。今度こそ鼻の骨を折られる。

「なんで謝ったんだ?」

「リ、リーダーとしゃべっているのを見たことがありまして」

「……ふぅん。じゃあ仕方ねぇな」

この言葉を聞いた時に許してもらえて良かった、という安心感とは別の頼もしさを感じた。なぜなら先輩たちは、チームの喧嘩に私情をはさまないことがわかったからだ。今回の相手は、今の自分が勝てる相手だったとは思えないが、仮にボコボコにしていても怒られない。

普通は友達がやられたら腹が立つ。でも先輩たちは何よりチームの名前を汚さないことを最優先にしている。どうりで地元最強の名前を欲しいままにしているわけだ。弱者に権利はない。強者だけが正義の世界。やるしかない。もう後戻りはできない。

チーム加入後の日々

家族の前では普通の人間を演じるようにしていた。今の自分がなろうとしている人間像を知られたら、止められるに決まっている。もう引き返すことはできない。学校をサボることもあったが、バレないように隠していた。

まず登校するフリをして家から出る。そのままブラブラして、夕方には何事もなかったような顔をして帰宅。高校生にしてリストラをされたサラリーマンみたいな気分を味わっていた。

久しぶりに登校した時は同級生たちにギャングイーグルのことを聞かれた。彼らは僕がボクシングをして、鼻の骨にヒビが入ったことしか知らない。初めての集会で意味不明な連帯責任をとらされそうになったことや、チームの看板を汚して怒られたことを話した。瞬く間に噂は広まって周りの反応は変わった。

先輩たちは何も知らない。1年と2年がすれ違う階段の踊り場で声をかけられた。

「ねぇ、ねぇ。チケット買わない?」

出た。これが噂のパー券だ。相手は学校の中でも目立っていた、1個上の加藤さんというヤンキー。今までの自分なら太刀打ちできる相手ではないが、ギャングイーグルの先輩たちに怒られたくはない。パー券は買わない。怯んでもいけない。

「チームの人に買うなって言われてるんで……」

「ん? どこのチームに入ってんの?」

「ギャングイーグルですけど」

「え、マ、マジで!? ……あ、チケットは買わなくていいよ! ごめんね! 今日のことは内緒ね! じゃ!」

これが今の自分にできる精一杯の抵抗だった。情けないことはわかっている。チームの看板をひけらかすことで、相手が怯むとわかったうえでの対応。加藤さんは昼休みになると1年の教室まで会いに来た。

「3年にムカつくやつがいるから絞めに行こうぜ」

ギャングイーグルに入っているから根性を兼ね備えているのだろう、という罪深い思い込みが原因だ。お門違いもいいところ。こちとらチームの名前を出すことが精一杯の戦闘力。加藤さんは尻込む素振りを全く見せずに、3年生の教室へと乗り込んだ。ただならぬ雰囲気を察して、3年生の女子生徒たちは騒ぎ始めた。その声に突き動かされるように、腕に自信のありそうな連中が続々と現れる。トラブルシューティングを担当している、3年生代表の柔道部といった感じ。どう見ても勝ち目はない。案の定いきなり襟首を掴まれて加藤さんは倒された。

僕はというと……素知らぬ顔。とてもじゃないが割って入ることはできない。いとも簡単に返り討ちに遭った2人は、すごすごと引き下がった。加藤さんは何も言わなかったが言いたいことはわかる。とんだ偽物を誘ってしまったとでも思っている様子。

この時は自分を責めていたが、あとになって考えれば、おかしいのは加藤さんだとわかる。3年生に恨みがあったのは加藤さんだけ。僕はなんの恨みもない。同じテンションで立ち向かえというほうが無茶な話だ。加藤さんとも出会ったばかりで、なんの思い入れもない。

これが十年来の友人ともなれば話は変わってくる。きっと自分を犠牲にしてでも助けていた。と、空想を繰り広げるのは簡単だが実際に直面したら、どうなるのかは別の話だ。集会に行くと余計に理想の自分とのギャップを感じることになる。

祭りの日の話。いつものように銀行の前に集まって、人混みの中へと紛れ込んだ。先輩たちはバスの窓や屋根に飛び乗って騒いでいる。運転手は外に向かって怒号を飛ばした。外にアナウンスできる機能がついていることを初めて知った。車道は完全に封鎖。歩行者天国状態。もっとも一般の人たちからすれば、地獄のような状態だったのは明らかだ。約50人が歌を歌いながら大行進。

「不思議な不思議なギャングイーグル！　東は柳ヶ瀬、西はなんちゃら～。たーかくそびえる金華山。あーあー皆でギャングイーグル」

これはヨドバシカメラのCMソングの替え歌。まるでパレードだ。こんな無茶苦茶な振る舞いに黙っているほど世界は寛容ではない。すぐに警察が来た。同世代の水島が反抗すると、警察は柔道技をキメて一喝。今までの僕の人生の辞書には、警察に歯向かうという文字はなかった。

「ごめん！　お巡りさん！　今日のことは俺のせいだから！　もう引き上げるから！　頼むよ、離してやって」

すかさずリーダーは駆けつけて頭を下げた。衝撃的だった。天下のギャングイーグルを引っ張っているリーダーが頭を下げている。理由はひとつ。仲間のため。なんて格好いいんだ。下の者のために、プライドをかなぐり捨てて頭を下げる。これぞリーダーの鑑だ。結局この日は警察の言うことを聞いて、祭りから抜け出した。

この日のような騒ぎはそうそう無かったが、警察との一悶着は日常茶飯事だった。集会を中断するように言われると、躊躇なく食ってかかる。

「何が悪いんだよ！　俺たちはただ集まってるだけだろ！　上等だよ！　かかってこい！　やってやるよ！」

先輩が上着を脱いで、自分のほっぺたをペチペチと叩いて警察を挑発。こんなに気合いが入ってないといけない世界なのか。逮捕されることを全く恐れていない。後ろからは笑い声が聞こえてくる。

「Yo．Yo．Yo．Yo！　俺らの何がワリーんだよ！　間違ってんのテメーらだろ！　国家の犬はオマワリだよ！　俺らはみんなヒマワリだよ」

警察も思わず笑っていた。ラップの内容はよくわからなかったがキラキラしている。何者にも縛られない自由な世界。どこか幼い頃に憧れた芸人の姿に似通った部分があった。

週1回の集会とは別でOBも集まる月1回の集会があった。ここのトップは河本《かわもと》さん。初代リーダーの龍《りゅう》さんよりも立場は上。つまり龍さんが社長なら河本さんは会長のようなポジションだ。

この日は龍さんが集会に来ていなかった。先輩たちの慌ただしい様子を見る限り何かあったのは明白だった。話している内容に聞き耳を立てると、喧嘩に巻き込まれていることがわかった。そこに龍さんと一緒にいるはずの木村さんが登場。

「あれ？　何してんだ？　お前」

河本さんの質問に木村さんは答えた。2人で車で走っていたら、後ろから煽り運転をされて喧嘩が勃発。相手はラグビー部のようなガタイの6人で、木村さんは助けを呼ぶために逃げてきた。この話を聞いた河本さんの拳は、木村さんの顔を激しく殴打した。

「何してんの?」

「すいません」

殴る河本さん。謝る木村さん。尋ねる河本さん。謝る木村さん。殴る河本さん。決して他人事ではない。柔道部のようなガタイの男が出てきた時に僕は何もできなかった。木村さんの気持ちは痛いほどよくわかる。どう考えても勝ち目のない相手に立ち向かって、無駄な被害を受ける必要はないと思ってしまう。もしチームの中で同じことをしたら、辿るべき末路は目の前の男が体現している。何度も何度も繰り返される光景を、黙って見ているしかなかった。

そんななか、頭から血を流した龍さんが到着。1人で全員を倒して舞い戻った。木村さんは居心地が悪そうにしている。そんな木村さんをよそに、河本さんはうれしそうに語り始めた。

「初めて龍を見た時はビックリしたよ。街中の悪そうな奴らが、揃いも揃って頭を下げてたからな」

ギャングイーグル創設時のこと。初期メンバーは3人。場所はマクドナルド。龍さんを含む3人は町ゆく通行人達を睨みつけて、喧嘩をふっかけてきた相手を倒すと決めて外に出た。大抵の相手は素通りをしたが、なかには立ち向かってくる猛者がいた。その相手を倒して言った一言が伝説の幕開けになる。

「俺たちがギャングイーグルだ！　覚えとけ」

ここから総勢100名になるまでは、そう時間がかからなかったと言う。今のリーダーはギャングイーグルの3代目。

2代目のリーダーは初めて僕が集会に行った時に皆を叱り飛ばしていた人だ。名前は伊口《いぐち》さん。本当は啓介くんが2代目のリーダーになる予定だったが、面倒臭いから嫌だという理由で断ったとあとで聞いた。いかにも啓介くんらしい理由だ。この頃はまだ遠くから啓介くんの存在を認識しているだけで、話しかけることができる距離感ではなかった。

他にも2代目の時には安田さんという男がいて、当時は少年院に入っていた。聞いた話では1年前に伊口さんがミスタードーナツで、敵対するチームの連中にビール瓶で頭を殴られた。隣にいた安田さんは相手を窓に投げ飛ばしてガラスを破損。駆けつけた警察も投げ飛ばして逮捕。やっていることは無茶苦茶だが、仲間想いであることには変わりない。上の世代になればなるほど、数々の逸話を持った人たちが多勢いた。

最凶最悪の男・安田さん

いつか絶対に自分も先輩たちみたいな男になる。こうして歩みを進めた先には、想像以上の茨の道が待ち構えていた。

安田さんが少年院から出る日は近いと聞いていたが、時間の経過にしたがってスッカリ忘れていた。月1集会が始まる前に、同世代のチーム仲間とゲームセンターでたむろしていると……。

「俺が誰かわかる?」

突然1人の男に問いかけられた。約10人が溜まっている場所に、1人で突撃してくるなんて只者ではない。男の身長は約2メートル。すぐにピンときた。仲間たちは黙っている。コイツらも血の気が多い連中だ。なんとかしなくては。

「安田さんですか?」

「おぉ、よくわかったなぁ」

そう言って安田さんは立ち去った。危なかった。機転を利かさなかったらヤバかったかもしれない。

安田さんの身長が2メートルもあるという情報を掴んでいたのが功を奏した。今までの人生で2メートルの人を見る機会はあまりなかったが、目の前で見ると想像以上の大きさだった。

集会が始まって河本さんは全員に呼びかけた。

「コイツが安田だ。聞いたことあると思うけど今日から戻るからな」

「よろしくなぁ!!」

これを機に安田さんは月1集会に顔を出すようになった。果たして僕たちは安田さんの伝説を目の当たりにすることができるのだろうか。この望みはすぐに現実のものとなる。

翌月。月1集会と祭りが重なって地元中のチームが集結した。ブラックキラー、クラップス、神威《カムイ》、我威邪《ガイヤ》……そうそうたる面子が集まっている。そのなかでも我威邪の初代リーダーである和也さんは、かなり有名な人だった。小柄でシュッとしてはいるが、喧嘩になるとすぐに人を刺すと聞いていた。

「夜露死苦ー!!」

我威邪の声出しがスタート。和也さんは引退をした身。遠くから高みの見物をしている。特攻服の男たちが円陣を組んで血気盛んに大声で叫んでいた。これが安田さんの逆鱗に触れてしまう。

「うるせぇんだよ」

そう言うと安田さんは我威邪のメンバーに詰め寄った。

詰め寄られたほうも負けてはいない。言い返すことはしなくても、目つきや態度はギラギラしている。その様子を見てスイッチが入った安田さんは相手の足を蹴って転ばせた。安田さんもデカいが相手も190センチ近くある大男。一瞬にして空気はピリついた。この光景を見て和也さんが立ち上がって2人に近づいた。何かが起こる。和也さんは安田さんの後ろから忍び寄って言った。

「安田くん。ごめん。勘弁して」

「おぉ、ちゃんと手なずけとけよ！　あんまり騒がれるとイライラするからなぁ」

和也さんが頭を下げた。2人は同い年。これだけでも安田さんのすごさはわかる。こんな人と同じチームにいれることが誇らしかった。


そんな思いにふけっていると徐々に警察が集まってきた。一気にムードが引き締まる。そこに遠くからバイクの音が聞こえてきた。暴走族のおでましだ。

「キタキタキタキタ――!!」

うれしそうな安田さん。バイクの音が近づくと同時に、猛ダッシュで走ってタイミング良くバイクにドロップキック。転がるバイク。倒れる暴走族。

「ウォーーーーー」

安田さんの雄叫び。なぜか蹴られたほうが謝っている。相手はバイクを置いて走り去った。さぞかし怖かっただろう。戻ってきた安田さんの一言には、耳を疑わずにはいられなかった。

「これで街の平和は守られた」

この様子を警察は黙って見ていた。普通なら逮捕されてもおかしくはない。なぜ警察が動かなかったのか。安田さんが怖かったのか。たしかに警察の前で堂々と犯行に及ぶ人間には狂気しか感じない。

それに身長は2メートル。警察も人間だ。危険を察知したのか。そうは言っても威信がかかっている。拳銃や警棒を所持しているのもそのためだ。それでも黙って見逃したということは、相手が暴走族だったからとしか説明がつかない。

こんな非現実的なシチュエーションを作り出してしまうのが、ギャングイーグルの安田という男なのだ。1対100で戦って勝ったことがあるとも言われていた。普通ならありえないが、安田さんなら可能性はあると思ってしまう。

その予想は当たっていた。先輩が安田さんとしゃべっている話を盗み聞きしたことがある。

「いくらなんでも、100対1はキツかったんじゃないですか?」

「あぁ、それな。よく言われるんだよ。でも考えてみろ。だいたいのヤツは170センチくらいだろ？　俺は2メートルあるから、30センチも違うんだよ。お前も170センチくらいだろ？　自分の30センチ下って考えてみろ。140センチなんて小学生だろ？　小学生が100人で束になってかかってこようが屁でもねーんだよ。まあ一応、バットは持ってったけどな」

説得力がすごい。単純計算で考えることができるものではないが、安田さんの強さも合わせて考えれば納得のいく説明だった。

だが1つだけ信じることができなかった話がある。それは大木をキックで蹴り倒したことがあるという噂だ。それができたら、さすがに人間ではない。漫画に出てくるキャラクターでもない限り不可能だ。現実離れした人ではあるが架空の存在ではない。これだけは自分の中で揺るがなかった。

この考えを改めずにはいられないショッキングな出来事に見舞われたのは、年末の忘年会の日。成人の先輩たちは見たことがないデカさのジョッキを片手に、ビールをグイグイ飲み干していた。場は大盛り上がり。活発で楽しい飲み会だった。そんな状況で誰かが水を差すような恐ろしいゲームを提案した。

ジャンケンをして負けたらケツキックを受ける――。

勝負は目の前の人と行われる。僕の前に座っていたのは安田さんだった。

「よぉーし！　本気でやれよ！　本気でやんなかったら倍返しするからな」

腹をくくった。どうせ断われない。断腸の思いでジャンケンをした。

安田さんはチョキ。僕はグー。

あぁ、神様。ありがとう。まだ僕は人生を続けてもいいんですね。

いや、待てよ。ジャンケンに勝って良かったのか？　僕が安田さんのオシリを蹴る？　最凶最悪の男のオシリを？　しかも本気でやれと言っている。

安田さんは2メートルの巨体を半分に折り曲げて、オシリを突き出しながら僕のほうを見ている。やるしかない。覚悟を決めて、あとのことは考えずに全力で蹴った。

「もう1回だぁ」

「!?」

「さいしょーはグー！　ジャンケンポイ」

また勝った。

「もう1回！」

悟った。これは僕が負けるまで終わらないゲームだ。何回やっても僕の勝ち。負けるなら早く負けたい。勝てば勝つだけ安田さんの機嫌が悪くなる。

ようやく4回目に安田さんが勝った。見るからに気合いが入っている。大木を蹴り倒す程のキックをするという噂が本当なら、オシリはなくなってしまう。

頼む！　嘘であってくれ！　この祈りも虚しく、安田さんが足を振りかぶった瞬間に死の予感がした。

「バッチーン!!」

雷が落ちたような衝撃。この例えは決して大袈裟ではない。大至急トイレに行って、トイレットペーパーでオシリを拭いたらウンコがついていた。血ではなかったが問題はそこじゃない。凄まじい破壊力だ。

2代目ギャングイーグル所属の安田さん。なぜ彼が2代目のリーダーじゃなかったのか。その答えはシンプルだった。それは2代目ギャングイーグルリーダーの伊口さんが遥かに強かったからだ。

伊口さんは空手をやっていた。イケメンでファンクラブが設立されるほど。そんな伊口さんが一目を置く小野啓介くん。こんな重鎮たちの伝説は聞いていて楽しかった。

本人たちに聞くことはできなくても、彼らより下の代の先輩たちに聞けば詳しく教えてくれる。それでもタブー視されていたのが、第一公園で起きた事件のこと。中学生の頃に新聞で読んだことがある。初代ギャングイーグルと敵対していたチームの1人が命をおとしたらしい。

わかっていたのは、それだけ。どういう経緯で最悪の事態に至ったのかは知らない。それを教えてくれたのは当事者のうちの1人だった。月1集会以外でOBが現れるのは珍しかった。

「最近のギャングイーグルはどうなんだ？　俺たちの頃は死人も出たからな」

「それ聞いたことがあります。どういう事件だったんですか？」

「あれは悲惨だったよ。俺たちのチームのやつが、バットで相手を殴ったら死んじまってな。相手のバックについてたヤクザが出てきて、俺の頭に拳銃を突きつけてきたんだ。お前がやったのか？って。俺ではなかったけど。さすがに怖かったな」

この時に現場に居合わせた人間に友達の山岡大志がいた。彼は同い年でギャングイーグルのメンバーとも仲が良い。何度か顔を合わせるうちに仲良くなって当時の話を聞いた。

「俺あん時、中学生でさ。先輩と一緒に花見してたんだよ。そしたら急に赤い格好の集団が鉄パイプ持って現れてさ。お前らどこどこのやつらか?って聞かれて。違いますって言ったら、紛らわしいから帰れって言われて帰ったんだけど。めちゃくちゃ怖かったぜ。目がイッちゃってたからな」

この話を裏付けるかのように、実際に現場にいた先輩は言った。あの時は皆おかしかった、と。そう言いながら遠い目をしている。やはり当時のことは部外者が深掘りできないような闇を感じた。

相当な修羅場を潜り抜けて、今のギャングイーグルはここまで大きくなったのだ。そのおかげで、赤い服を着ていれば大抵の者は逆らわなかった。この日もメンバーと3人で、赤色の服を身に纏って歩いていた。目の前には30人くらいの、黄色い格好に身を包んだ集団がたむろしている。

ヘルズファミリーだ。彼らとは味方同士でもないが敵対しているわけでもない。だから特に意識をすることもなく、横を通り過ぎようとした。その瞬間にヘルズファミリーの全員が急に立ち上がって頭を下げた。

「お疲れさまです！」

明らかに歳上の面々までもが無条件に降伏。僕たち3人にではない。ギャングイーグルというネームバリューに平伏したのだ。この日は雑誌の取材が入ると聞いていた。歴代のメンバーほとんどが河原に集合。カメラマンや記者も来ている。

数週間後。『実話ナックルズ』という雑誌に僕たちは載った。すっかり有名人気分。全ては先輩たちからのお下がりだったのに、自分が強くなった気になっていた。それもあって入学した時は力の差が歴然だった高校の不良たちも、次第に大したことがないように見えてきた。

「昨日、タケルが3年にやられたらしいぜ」

こんな話を聞けば迷わず仕返しに行く。相手が3年生であろうが、おかまいなし。これを機にタケルとの仲は一気に深まった。

退屈

学校生活は決してつまらなくはなかったが半年で退学。学校側からすれば邪魔な存在だったのだ。もう朝早く起きなくてもいいし、嫌いな勉強もやらなくていい。そんな自由と幸せを感じていたのは最初の3ヶ月だけだった。

退屈で退屈で死にそうな日々。周りの友達が学校に行っている間は何もやることがない。それを察したのかタケルは頻繁に連絡をくれた。学校がある日にサボって遊びに来ることもあった。

「学校は大丈夫なのか？」

「健悟がいないと面白くないからさぁ。感謝してんだよ。あの時に健悟が助けてくれなかったら、俺も退学してたかもしんないからな。本当ありがとう」

仲間想いな安田さんや強い相手にも立ち向かう龍さんに、少しだけ近づいた気がした。この自信はギャングイーグルの先輩たちに対する恐怖によって、一気に消え去ることになる。

賢司が突如として僕と高崎を召集した。なんでもギャングイーグルの先輩から呼び出されているから、助けてほしいとのこと。詳しく事情を聞くと、賢司がギャングイーグルに入っていると嘘をついたことを咎められていると言う。

「え？　お前そんな嘘ついてたの？」

「そんなわけねーじゃん！　なんかの間違いだよ！　うわ、また電話かかってきた」

とにかく呼び出された場所に向かうことにした。僕と高崎がついていって無実を晴らせばいい。この時は軽く考えていた。着いた先には知っている顔の先輩たちが10人近くいる。そのうちの1人は、賢司の顔を見るなり急に殴りかかった。

「ちょっと待ってください！　コイツは嘘ついてないって言ってるんです」

「あぁ？　何だ？　オメーは？　ギャングイーグルだろ？　俺らが嘘ついてるって言ってんのか？」

次の瞬間に10人は一斉に賢司に殴りかかった。とめどなく繰り返される残虐な行為を前にして、手も足も出なかった。数十分にわたる暴行の末に先輩たちはいなくなった。ボロボロになった賢司を見て胸が引き裂かれるような思いになる。どれだけ謝っても償いきれない。

申し訳なさと同時に強烈な怒りが込み上げてくる。これが俺の憧れたチームか？　喧嘩をする時はタイマン。勝負アリと判断した時点でストップ。これがギャングイーグルのスタイルじゃなかったのか？　何よりも仲間を守れなかった自分が許せない。強くなったつもりでいたのに何もできなかった。

もう辞めたい。このチームに入っていても何も良いことがない。啓介くんに言って辞めさせてもらおう。そう思っていた矢先に緊急でOB集会が開かれることになった。今回のことが河本さんの耳に入ったのだ。賢司と仲の良い大木くんが取り計らったのだろう。河本さんの拳は賢司をリンチした先輩たちに激しく振りかかった。

50人もいれば考え方が違う人間もいる。だとしたら強制的にでも全体を統率する必要がある。一度は見切りをつけたギャングイーグルだったが、将来このチームのリーダーになって全員を従わせたいという気持ちに変わった。

そのためには力をつけないとダメだ。全ては自分の弱さが原因。何が何でも強くなる。河本さんのように自分に逆らった者は力でねじ伏せる。それが自分自身の使命であり正しいことである。そう思うようになっていた。

学校を辞めて何もしていない僕を見て母は心配そうだった。母は通信制の学校へ入学するように勧めた。本当は嫌だったが登校は週に1~2回と聞いて暇潰しのために入学を決意。

入学式に来ていた多くは知らない顔だったが、1人だけ見たことのある背中が目に入った。山岡大志だ。式が終わって話しかけると、互いに心の拠り所を見つけたように自然と打ち溶けた。

この時は退学することになるとは夢にも思っていなかった。とにかく大志は無茶苦茶だった。昼休みに各々が持参した弁当を食べていると……。

相手の机に座って弁当を跨ぐような格好で唐揚げを恐喝した。数日後。新1年生の交流を深めるという名目で、オリエンテーションが開かれた。人里離れた山道を歩いて、頂上の食堂でご飯を食べる。

午後からは近辺をウロウロして自然と触れ合う。その段取りを再確認するために、昼食時は食堂で打ち合わせをする予定だった。そろそろ始まる頃だが、なにやら騒がしい。

大志が揉めている。たとえ腹の立つことがあったとはいえ、交流を深めるオリエンテーションで喧嘩騒ぎを起こすのは気が引ける。そう思って大人しく席に座ろうとしたその時。

視線の先に不穏な空気を感じた。なぜかはわからないがコッチに向かって中指を立てている男がいる。知らない顔だ。そんなことをするようなタイプには見えない。真面目な装い。なんだ？ 1周回ってこういうタイプが1番タチが悪いのか？

黙っているわけにはいかない。足早に相手との距離を縮めて威嚇をした。まだ中指を立て続けている。どういうつもりだ？ ニヤニヤしながらコッチを見て……いや違う、目線が少し外れている。後ろを見ると同じようにニヤニヤした男が中指を立てていた。友人同士でふざけ合っていただけだ。最悪だ。恥ずかしすぎる。こんなことなら大志の起こした騒ぎのほうがまだマシだ。

説明会が終わって大志と合流。スケジュール通り2人でブラブラしている時に、新1年生の1人が通りがかった。彼は普通に歩いていた。少なくとも僕にはそう見えた。ところが大志は突如として、近くの工事現場からポールバーを持ち出して殴りかかった。相手からすれば降って湧いた災難だ。償うべき罪がない状態で裁きを下されて神を恨んだに違いない。

「何で急に殴りかかったんだ？」

「え〜、だって面白ぇじゃん」

やっぱりコイツはクレイジーだ。通信制の学校ということで週に1回しか会わなかったが、先週にはなかった傷を負って登校してきたこともある。喧嘩でもしたのかと思いきや、理由はもっとアブノーマルだった。何でもヘルメットを被らずにバイクに乗っていたら、頭上にヘリコプターがついてきたとのこと。

しまいにはパトカー数台に追走されて細道に逃げ込んだら、出口で待っていた警官にラリアットをされたと言う。さすがにノーヘルを相手にヘリコプターが出動して、最終的にラリアットをかまされるなんて話は信じ難い。そう思ったが詳細を聞いて納得をした。

大志がノーヘルでバイクを運転し始めたのと同時刻に、凶悪な犯罪者が逃亡したのだ。その犯人と出立ちが似ていた大志は、誤って追走されてラリアットをされるという結末に終わった。自分のしたことが返ってくるとはよく言ったものだ。

無実の同級生をポールバーで殴った罰。神は平等だった。完全に平等かと言えば、ヘルメットを被っていなかったのだから幾分か分が悪い。とにもかくにも大志の顔にできた傷は偶然というより、ミラクルと呼ぶにふさわしい理由でできた傷だった。2人が退学になったのは、校門の前で授業をサボっていたのがキッカケだった。門の横には目安箱が設置されている。

どうせ俺たちの意見なんか反映されない。見せかけの正義を掲げて良い格好をするな。偽善者め！　こんな学生運動さながらの動機で、僕は近くにあったホースを箱の中に突っ込んだ。水浸しになっている目安箱を見て、偶然そこに居合わせた教師が声を張り上げた。自分がやったわけではない。証拠はあるのか？　と頑なに主張すると矛先は大志に変わった。

「お前か！」

「ふざけんな！　俺じゃねーよ！」

「福田が違うって言ってんだろ！　お前じゃないのか！」

気づいた時には大志は教師の胸ぐらを掴んでいた。これが引き金となって2人とも停学。反省文の提出を求められた。昔から文章を書くのが好きだった僕は、嘘八百を並べ立てて学校に復帰。大志は退学。理由は馬鹿正直に自分は悪くないと書いたからだ。かくいう僕も大志が退学した直後に自主退学をした。友達のいない学校生活に嫌気が差したからだ。

ギャングイーグルのリーダーになるために

もう母が再入学を勧めることはなかった。バイトだけはするように言われて、新聞配達のバイトを始めた。基本的には淡々と配達をするだけだが、心温まる出来事があった。12月31日。いつものようにポストに新聞を入れようとしたら、投入口に張り紙が貼ってあるのがわかった。

『1年間ご苦労さまでした。来年もよろしくお願い致します』

キツければキツイほど人の優しさは身に沁みる。配達を終えてセンターに戻ると、社長からはお年玉をもらった。やっていて良かった。心からそう思えた。でも雪が降る中で自転車がスリップして転んだときは、散らばった新聞を拾い集めながら心の中で呟いた。

俺は何をしているんだ? こんなことではギャングイーグルを率いることなんてできない。賢司がやられた時に誓ったはず。自分の理想とするチームを作って引っ張っていく、と。それが今は下に落ちた新聞を拾い集めている。

働いている時の自分と、悪さをしている時の自分が違いすぎる。だから辞めた。他のバイトが長続きしなかったのも似たような理由だった。いずれ自分たちの世代になった時に、同世代の中では抜きん出た存在になっている必要がある。

破天荒さを目の当たりにした大志、存在さえ定かではない伝説の不良であるマサキ、他にも信じられない逸話を持ったやつがいた。チームのメンバーである水島、筧、武田と同じ中学の大吾。なんと彼はギャングイーグルのOBと喧嘩をして、勝ったことがあるのだ。

同じ地元の3人が口を揃えて言うのだから間違いない。身長は190センチ。まるで我々世代の安田さんだ。そんな大吾が身内にいるのは頼もしいが、ギャングイーグルのリーダーになるつもりなら引けをとるわけにはいかない。何か爪痕を残すチャンスはないか?

そんな僕に、もってこいの状況が舞い込んだ。中学の同級生6人と隣町の祭りに行って、帰りに全員で自転車を漕いでいた時。後方から不良グループの声がした。相手の人数も同じくらい。

「死ねよ」

ん? 何だ? 今のは俺たちに言ったのか? 仮に違っても近くにいるのに、勘違いを招く発言をするやつが悪い。暴れるチャンスが到来した。

「何だ? 今の死ねって、俺たちに言ったのか?」

「あぁ？　なんだ？　お前」

相手の態度は喧嘩を始める口実として充分だった。それぞれが目の前にいる相手と殴り合いになった。大人になってから初めて、正式な殴り合いをしている。チームに入る時の洗礼でやったボクシングは、一方的に殴られただけ。高校で喧嘩になっても結局は話し合いで終わり。小学生の頃も喧嘩はしていたが、一方的に殴っていただけだった。

どうすれば勝てるだろう。まずはローキックをして、相手の意識が下に向いたところで顔面にパンチ。よし。入った。相手の顔は引きつっている。相手の顔は……。どこかで見たことのある顔だった。

陽一だ。陽一は幼稚園が同じ幼なじみだった。小学生になるのと同時に隣町に引っ越した僕が、彼と会うのは約10年ぶり。よく見ると他のメンバーも全員が幼なじみだった。

「ストップ！　ストップ！　知り合い！　知り合い！」

ようやく実力を示すチャンスが生まれたと思ったら相手は顔なじみ。運命すら僕が頭角を現さないように、邪魔をしている気がする。ギャングイーグルのOBである誰かが車を鉄バットで大破されて、相手に報復をするという騒ぎが起きたこともある。

相手は名古屋のカラーギャングでチームカラーは白。規模は700人の大所帯だと言う。暴れるチャンスがないのはないで不満だったが、突如として現れたチャンスがあまりにもデンジャラス。丁度いい揉め事など求めて、引き寄せられるものではないから仕方がない。家からバットや鉄パイプを持ってくるように指示を受けて、先輩の車に凶器を詰め込んだ。

数十分後。車を走らせて目的地に着く直前に事故が起きた。僕たちの前を走っていた一般車両が歩行者を轢いてしまった。慌ててブレーキを踏んで車を止めた。そうこうしているうちに信号が赤になって、サイレンが聞こえ始めた。

「急げ！　バットを隠せ！」

警察が来る前に凶器を隠して、カラーギャングのシンボルであるバンダナも外した。ほどなくしてパトカーが到着すると、事情聴取が始まった。本来ならば警察に捕まってもおかしくない僕たちが、捜査に協力をして感謝をされるという不思議な体験をした。コッチが落ち着いた時には、敵対しているチームとの抗争も話し合いによって終焉を迎えていた。

結局これといったトラブルもないまま、ことなきを得てしまった。物足りない。こんなはずじゃなかった。もっともっと刺激がほしい。周りのみんなに連絡をして、何かあったら自分に言うように呼びかけた。誰かの揉め事を代行して解決するのが狙いだ。

いろんな案件を任されたが張り合いのない相手ばかり。最初はイキがっていても、ギャングイーグルの一員として顔が広くなっていた僕を前にすると腰が引けてしまう。どこかに骨のあるヤツはいないものか。

そんな時に先輩に言いがかりをつけられている友達を助けてほしいと依頼をされた。被害を受けていたのはタケル。前回の相手とは別の人物だ。この話は本人から聞かされたわけではない。又聞きした情報を本人に問いただしたら、嫌がらせを受けていることが事実だと判明した。

相手は自分の中学の一個上。呼び出すために学校に乗り込んだ。3人で別の場所に移動して、2人に言い分を説明する時間を設けたが、話し合いは膠着状態になっていた。見ていてイライラした僕は相手を激しく追求。反論も謝罪もしない態度に業を煮やして拳を振りかざした。これでタケルは平穏な学校生活を送ることができる。さぞかし喜んでくれるだろう。

「あ、ありがとう……」

どこかよそよそしい。通信制の学校に行ってから、連絡を取ることが少なくなっていたからか。このあと2〜3回やり取りをしたが、結局それ以降は連絡が途絶えてしまった。

このあともさまざまな争いの仕置人として依頼を受けた。次は中学の同級生から。いきさつは不明だが、借金取りから不当な金額を要求されていた。これは呼び出して話すこともなく、電話を1本かけて解決。感謝の気持ちを示されるのは気分が良かった。

あとになって思えば人助けをしているつもりで、自分の劣等感を埋めようとしていただけなのかもしれない。このことをタケルはわかっていたのか。昔と最近で態度が変わっていたのは、そういうことか。この時は本当の理由に気づくこともなく、お門違いな世直し気取りを続けていた。

今度はチームの関係者が話を持ってきた。後輩同士のいざこざが原因のようだ。どんな内容で揉めたのかは、わからない。いつも通り自分が駆けつけると場は静まり返った。

「あれ？　どうした？　続きはやらないの？」

ここまで対等に殴り合っていた2人だったが、僕の登場によって相手は戦意喪失。この数ヶ月で随分と名前は売れた。そのことを誇りに思って、優越感に浸りながら帰ろうとしていた時だった。

「キミが福田くんかぁ〜」

「……ん？」

「俺はマサキだけど。キミの噂は聞いてるよ〜」

コイツがマサキか。中学時代から隣町まで名を轟かせていた伝説の男。当時は中学生1人で高校生3人を倒す人間などいるはずがないと思っていたが、雰囲気を見る限り嘘ではないのがわかる。なんでも今回の相手はマサキの知り合いだったようだ。

「あぁ〜、キミがマサキくんか！　俺も噂は聞いてるよ。めっちゃ強いらしいじゃん」

「ん〜、まあ……。それより揉め事は終わっちゃったの?」

生粋の喧嘩屋といったところ。この雰囲気を楽しんでいる。争いの火種が鎮火したと知って立ち去った。さすがにギャングイーグル20〜30人を敵に回すのは、得策ではないと判断したのだろう。

対する僕はといえば、20〜30人を目の前にして堂々と僕に話しかけてきたマサキに驚いていた。状況が状況なら彼とやり合っていたかもしれない。そうなれば勝ち目はなかった。

1対10のピンチ

数々の揉め事を解決してきたとはいえ不戦勝がほとんど。強くなっていたつもりでも、実際は名前が先行していただけ。名前を売るという当初の目的が遂行されていたことに、不満はなかった。

だが1本の電話がキッカケで、名前が売れたことを後悔することになる。

「今から3丁目のマンション前に来い」

地元の先輩からだった。用件は仇討ち。不用意に成敗を繰り返しすぎて最初は誰の仇討ちかわからなかったが、話を聞くとタケルの代役で高校に乗り込んだ時の案件だった。その知り合いからの呼び出しの電話。別にいい。相手が誰であろうと構わない。行ってやる。だが言われた場所に着くと相手は1人ではなかった。10人が殺気立って待ち構えている。

「お前ちょっと調子に乗りすぎだろ?」

この人数に殴られたら勝ち目はない。10人のうちの1人はボクシングをやっている。稔と同じジムに通っていて、練習しているのを見たことがある。プロの格闘家はレベルが違うと知っていた。それは稔と一回だけスパーリングをした時に一瞬でやられたからだ。このままじゃボコボコにされる。残酷な運命に打ちひしがれながら歩いていると、遠くのほうから一筋の光が射し込んだ。たまたまギャングイーグルの先輩が前から歩いてきたのだ。

「喧嘩?」

「あ、はい」

「……ふぅん」

通り過ぎてしまった。そんな馬鹿な。この人数にやられそうになっている後輩を見て去っていくなんて非情すぎる。相手も一瞬ヒヤッとした表情になったが、先輩が去っていく姿を見て再び活き活きした表情に戻った。拳をパンパンさせながら意気揚々と歩く10人。公園に着くと全員が僕1人を前にする形にして立った。そしてリーダー格の男が一歩前に出てこう言った。

「お前は今までの報いを受ける時が来たんだ。全員でタコ殴りにしてやるからな。わかったか?」

さすがの僕も年貢の納め時だ。今までの罰が当たった。観念するしかないと思ったその時。ザワザワし始めた相手の視線の先にはギャングイーグルの先輩たちが、公園に向かって歩いてくる姿が見えた。嘘みたいなタイミングだ。人数は相手と同じくらい。

「おい、あれ大木くんじゃないか？　……嘘だろ？　高橋くんまでいるぞ」

奇跡が起きた。大木くんや高橋くんは地元では知らない人がいないくらいの強者。ヤッタ！　逆転勝利だ。そう思っていた僕の胸中とは裏腹に、公園に着くなり大木くんはこう言った。

「あれ？　ひょっとして大勢で1人をボコろうとしてたのか？　卑怯なやつらだな。ソッチで1番強いヤツと、タイマンにしろよ」

タ、タ、タ、タ、タイマン？　助けてくれるんじゃなかったのか？　しかも1番強いヤツと言っている。相手の中で1番強いのはボクサーだ。10人に袋叩きにされるよりはマシだが、ボクサーと戦って勝てるとは思えない。かといって最悪の状況が好転したことを喜ばないのもおかしい。やるしかない。ルールは謝った方の負け。僕が負ける時は瀕死を覚悟しなければならない。先輩たちの目の前で謝るという選択肢はないに等しい。

何とか勝つ方法はないか？　そうだ。相手はボクサー。パンチの戦いには慣れているだろうが、蹴りには耐性がないはず。考えている暇はない。スキを与える前に奇襲を仕掛ける必要がある。スタートの合図と同時に顔面に飛び蹴りをした。狙い通りのクリーンヒット。相手は体勢を崩した。この瞬間を逃したら勝機は失われる。決死の思いで拳を振りかざした。ここからは自分でも無我夢中すぎて、なにをしたのか覚えていない。気づいたら自分のTシャツは血で赤く染まっていた。

「ハァ、ハァ、ハァ。もういいだろ?」

「うるせー! どっちかが謝るまで終わらねーんだよ」

「わかったよ。謝るよ。悪かった」

「悪かったじゃねーよ!」

「すいませんでした」

勝った。安心感や喜びは二の次だ。ダメージが半端じゃない。Tシャツに付いていた血の割合は、相手の血と自分の血が半々くらい。先輩の1人が声をかけてくれた。戦い終わって初めて笑うことができた。

最初は1人で10人と対峙して、最終的にはプロの格闘家を1人で相手にしないといけなかった。ようやく身内としゃべることができて孤独じゃなくなった。これで同世代の顔役たちに少しは近づけただろうか。これを機に変わったのは、今までは雲の上のような存在だった先輩たちが話しかけてくれるようになったこと。それを見て同世代の僕に対する態度は少しずつ変わっていった。根っからの不良少年だった彼らは、自分にとっての新しい風だった。頻繁に連絡がくるようになって、毎日のように時間を共にした。この追い風は強く、前回の喧嘩で増した勢いに拍車がかかった。

常に10人くらいで一緒にいることが当たり前になって、所構わずに馬鹿騒ぎをしたりバイクで走り回るようになる。いつものようにバイクを乗り回して、コンビニの駐車場で話していた時に事件は起きた。男女2人ずつの計4人を乗せた車が駐車場に止まった。女の子の視線が気になる。軽く微笑んだら微笑み返してきた。

買い物を終えて車に乗り込もうとしている彼女たちを、仲間の1人と一緒に目で追った。彼女たちもずっとコッチを見ている。エンジンをかけてアクセルを踏んで去っていく間際。彼女たちは後部座席の窓を開けて中指を立てた。走り去る車。顔を見合わせる僕たち。言葉はいらなかった。追いかける以外に選択の余地はない。即座にバイクにまたがった僕たちを見て、何も知らない仲間たちは戸惑いながらもついてきた。

「なに？　なに？　なに？」

相手を見失わないように注意を払いつつ事情を説明した。その瞬間に全員の目の色が変わる。相手に勝ち目はない。地の利も僕たちに分があるし、国道で前に進むには車よりバイクのほうが有利だ。時間は19時過ぎ。国道は車だらけだった。信号待ちで止まった時に、並んでいる車の間を縫って先頭にいた相手に追いついた。

「オイ、降りろ！」

無反応。僕がドアを開けると、仲間の1人は車の鍵を抜いた。さすがだ。逃がすわけにはいかない。後方からはクラクションの嵐が聞こえる。100台以上の車を止めて、国道156号線を完全封鎖。女2人は後ろに乗っている。運転席と助手席から男2人を引っ張り出して、全責任をとらせた。

「オメーらよー！　女の管理くれー、ちゃんとしとけよ！　コラァ」

やることはやった。あとは逃げるだけだ。こんな騒動を起こして警察が動かないはずがない。僕たちがバイクを動かすと渋滞も緩和した。それと同時に後ろから猛スピードで車が追いかけてきた。この状況に苛立っていた後続の輩たちだ。バイクのナンバープレートに、すれすれの距離まで近づいてきて大事故が起こる寸前。

何とか逃げ切ったものの身が縮む思いをした。これほどの騒動が巻き起こることは滅多になかったが、仲間うちで集まった時は必ず何らかのハプニングは起きた。いつ死んでもおかしくないような生き方だったとは思うが、スリルのある日々は刺激的で楽しかった。この頃の僕には付き合って半年になるマヤという彼女がいた。マヤは口うるさく揉め事には首を突っ込まないでほしいと言っていた。

マヤの裏切りと親友の死

マヤが面倒事を避けるように何度も言っていたのは、家庭環境によるものが大きかったのか。デートでご飯を食べに行った帰りにマヤの家に遊びに行った時の話。玄関の表札部分には、見たことのない家紋のようなものが付いていた。門構えも普通じゃない。大きなガレージがあって、中には黒光りのベンツが置いてあった。

シャッターが開いてスーツを着た男がマヤに声をかけた。

「おかえりなさい！　お嬢様」

お嬢様？　え？　誰？　彼は何者？　いやマヤは何者？　どんどん前に突き進んでいくマヤに、ついていくしかない。玄関の扉の先にはお母さんがいた。優しそうな印象。快く中に招き入れてもらった。右手には虎の剝製。左手には大理石の置物。奥には、おばあちゃんと、おじいちゃんと、お父さんがいた。

「お〜、よく来たな！　マヤの恋人に会えるなんてうれしいよ。ご馳走を用意しておいたから、お腹いっぱい食べなさい」

「あ、ありがとうございます！　いただきます！」

デートでご飯を食べた帰りだ。おじいさんの粋な計らいで、次々においしそうな料理が運ばれてきたが食欲は微塵もない。食べないと失礼にあたる。胃の中からあふれ出しそうな物を抑えて、目の前の料理を全て流し込んだ。そんな僕の食べっぷりを見てトドメの一言が放たれた。

「おいしそうに食べるなぁ！　よし！　ばあさん！　おかわり持ってきてやりなさい！」

地獄だ。マヤは皆と仲良さそうにしている僕を見て、ご満悦。なぜ気づかない？　一緒にご飯を食べたんだから満腹なのはわかるはずだ。本当においしいから箸が止まらないとでも思っているのだろうか。このことでマヤを責めはしなかったが、先に言っといてくれたら良かったのにと心から思った。


このあとも順調に愛を育んでいったが半年後。付き合って1年が経とうとしていた頃だった。マヤの様子に少し違和感を覚えた。前はメールのやり取りも頻繁にしていたのに、近頃は回数も減って内容も冷たく感じる。このことを集会で大木くんに相談してみた。

「そのメール見せてみ」

「……」

「あぁ、これは浮気してるな」

一刀両断。先輩とはいえ言い過ぎだ。メールが冷たいだけで浮気をしているということにはならない。

こうした流れで初代や2代目とも話すようになって、啓介くんは自分が主催している音楽イベントに招待してくれた。ここで大志と久しぶりの再会を果たす。お互いに通信高校を退学してから初めて会う。ライブが始まる前に2人で少し話すことにした。とりとめもない会話の流れから互いの生い立ちの話になる。

「親に捨てられたことがあってさ。小学校から帰ったら誰もいなかったんだよ」

「マジか」

「そのあと、ばあちゃんに引き取られたんだけど腹立って卵投げたんだよね」

「え？　ばあちゃん卵投げられるようなことしてなくない？」

「3年後に姉ちゃん連れてオカンが戻ってきてるって聞いて、なんで俺だけ一緒に住めないんだって八つ当たりしたんだよ」

「姉ちゃんいたんだ」

「そう！　学校中で噂になってたんだよ。俺の姉ちゃんがいるらしいって」

「それを他人から知らされたのか？」

「ビビるだろ？　で、俺と一緒に住むってなった時には知らない男もいてさ。新しい親父になったんだけど。そいつ最終的に姉ちゃんの風呂入ってるとこを盗撮したんだよ」

思わず笑った。壮絶な人生だとは思ったが不幸が多すぎて、心の中でまだあるのかと思ってしまう自分が可笑しかった。

「過去の不幸話をして笑われたのは初めてだよ。でも他人の不幸なんてそんなもんだからな。逆に同情するやつは偽善者だと思うし」

この頃の大志は自分の不幸話を使って異性をオトしていると言っていた。人の善意につけ込んだ悪しき犯行だ。僕は芸人が不幸話で笑いをとるのが好きだった。大志もお笑いが大好き。ようするに変わり者同士。普通は人の不幸話を聞いて笑ったら嫌われてしまう。だからこそ僕たちにはお互いしかいなかった。本当は他にも大事な存在がいたのに。それを思い出したのは1本の電話がキッカケだった。

「健悟。タケルが死んじゃった」

何が起きたのかわからない。

「俺も最初は信じられなかったけど、学校に行ったら今から皆でタケルの家に行くって」

いや違う。なんかの悪い冗談だ。

笑わないと、冗談が通じないヤツだと思われる。違う。冗談じゃない。違う違う違う違う。何度も自分に言い聞かせた。徐々に鼓動が速くなっていく。電話を切って、すぐに母に送ってもらうよう頼んだ。

早くタケルの所に行かないといけない。何かを考えるより先に体は動いた。車に乗り込んだ瞬間に、考えたくないことが頭をよぎる。嫌だ嫌だ嫌だ嫌だ。外の景色や聞こえる音の全てが邪魔だった。ゆっくりと切ない感覚が押し寄せる。

「ちょっと信じたくないよ」

誰かと言葉を交わしたかったが母は言葉を発さない。ルールを重んじる母が、法定速度を超えたスピードで車を走らせているのがわかって胸が締めつけられた。

タケルの家の近くには学生たちがたくさんいた。そのなかに電話をくれた友達がいて、部屋まで案内してもらう。すぐにわかった。あの部屋の向こうにはタケルがいる。部屋の中には見る影もない姿のタケルが横たわっていた。

「本当にタケル?」

「手のタトゥーがタケルのと同じなんだって」

受け入れるしかない。頭に浮かぶのは笑っているタケル。もう二度と見ることができない。バイク事故だった。

奥にはタケルの両親が立ち尽くしているのが見える。部屋の前で待っている仲間たちのためにも、早く出なければいけない。わかっていても体が言うことを聞かない。この場にいる全員が同じ状態だった。

「行こっか」

誰かが先陣を切って発したこの言葉に続いて、1人また1人と部屋をあとにした。

タケルと最後に会ったのは、人の代わりに喧嘩をしていた時。あの時のタケルは僕が相手をやっつけてもうれしそうじゃなかった。

思い返してみれば危険を顧みない僕の姿を見て、何かを感じていたようにも思える。実際に何度も危険な目には遭っていた。

あれから僕とタケルは連絡をとらなくなった。心のどこかでタケルの態度に少し引っかかっていた。なんで助けたのに、うれしそうじゃないんだ？　昔は喜んでくれてたのに。このまま連絡がないなら、ないでいい。そう思っていた自分が許せない。

喪失感を抱えたまま葬儀に出席。久しぶりの仲間たちと目が合っても、挨拶は心の中でするだけ。懐かしさに浸っている余裕はない。学生たちの人数が多すぎるのもあって、火葬は家族だけで行われることになった。僕たちは帰宅を余儀なくされる。携帯は家。近所の友達のお母さんが車で送ってくれた。

家族は夕飯も食べずに待っていてくれた。その思いも汲み取らずに、真っ直ぐ自分の部屋に行ってソファに座る。ここから数分間のことは何も覚えていない。とにかく無気力な状態だった。数分後。テーブルの上に置いてある携帯が目に入った。マヤからのメールだ。

『何してるの?』

『タケルの葬式に行ってた』

これだけ打って数十分後に着信の音が鳴るまでの記憶もない。電話に出て窓の外を見ると、マヤの車が止まっていた。メールを受け取って、すぐに車を走らせてくれたようだ。重い腰を上げて駐車場までおりる。いつもより口数の少ない僕を見て、何を感じていたのだろう。この時にマヤが言ってくれた言葉は、少しだけ心を軽くしてくれた。

「健悟。私にはわかるんだけどね、今タケル君は健悟の後ろで佇んでるよ。温かい感じがする。私にはわかるんだ」

唯一の救いだった。余計なことを言うわけではなく、必要な言葉だけを投げかけてくれる。マヤの家に着いて時間の経過とともに、少しずつ傷は癒えていった。特に何かをしたわけではない。ただ一緒に布団のなかに入って目を閉じた。寝息が聞こえる。

「ピロン」

マヤの携帯の音に反応して何気なく目をやると、画面に送信相手のメールがうつしだされた。

『温泉はどう？』

温泉？　今は家だ。心がザワつき始めた。送信者の名前は男。浮気相手か？　あり得ない。連絡を受け取って、すぐに家まで来てくれるような優しさを持っている子が、浮気なんてするわけがない。

気にしなくていい。そう自分に言い聞かせれば言い聞かせるほど、胸が締め付けられていく。寝ているマヤを起こしたくはない。疑っているとも思われたくない。悪い答えを聞きたくもない。でも何かに突き動かされるようにマヤを起こして、気づいた時には疑問をぶつけていた。

「これ何？」

「……」

暗闇の中で携帯の画面がマヤの顔を照らしている。うつむいて何も答えない。

「黙ってたら、わかんないから」

もうわかっている。黙っているのは首を縦に振っているようなものだ。答えなくていい。ただ感情を吐き出さずにはいられない。もういい。ハッキリ聞きたくはない。これ以上は受け取め切れない。自分の勘違いだったという可能性を残しておかないと壊れてしまう。

「健悟……」

「もういい。終わりにしよう。送ってってくれ」

100%浮気をしているかどうかはわからないが、自分から関係にピリオドを打った。こうしないと自分を保っていられない。マヤは何も言わずに運転をしている。このまま終わるのか。家を目前にして諦めかけていた時にマヤは泣いて懇願し始めた。泣きたいのはコッチだ。

「帰ってほしくない。まだ健悟と一緒にいたい」

「じゃあ何か言えよ」

「気になった人からだったから、健悟といること隠しちゃったの。ごめんなさい。あの人とは何もないから。あとで連絡先も消すから」

もうボロボロだった。タケルを失って心のガラスにはバキバキにヒビが入っていた。ほんの少し触れただけでも割れそうな状態。もしマヤが浮気を認めていたら修復不能なほど、粉々に砕け散っていたと思う。

「それ嘘だったらマジで終わりだからな」

「え⁉　じゃあ戻っていいの⁉」

マヤは謝罪と復縁の喜びを繰り返し言葉にした。これでいい。ギリギリのところで踏ん張った。すんなり許して自分が惨めになることを避けることができた。時間をかけて元の関係に戻るつもりで、来た道を引き返した。

時計の針は深夜2時30分を回っている。タケルの訃報が届いてから約24時間が経過。疲れ切った僕は、現実から逃げるようにしてベッドに横になった。

先輩たちの優しさ

朝起きて昨日のことは忘れているかのように振る舞った。もともとの予定で、車のタイヤ交換をすることになっていたマヤは外出。

1人になって何もすることがない僕は、床に置いてあるプリクラの手帳を手に取った。中を見ると、そこには知らない男と写っているプリクラが貼ってある。

『2003年10月、3ヶ月記念』

自分の中で何かが切れた音がした。僕たちが付き合ったのは2003年の8月。3ヶ月記念ということは、プリクラの男と付き合ったのは僕と関係を持つ1ヶ月前。浮気相手は僕だった。プリクラの下に書いてある名前は、昨夜に見たメールの男と同じ名前。

そこに何も知らないマヤが帰ってきた。何も言わずに帰ろうとする僕を引き止めて聞いた。

「ちょっと待って。どうしたの？　急に」

黙って手帳を指差した。彼女はもう僕を引き止めなかった。外に出ると出た直後には降っていなかった雨が、ポツポツと頭上に落ちてきた。空は暗い。傘もないし財布もない。歩いて帰るには遠すぎる。

気づいた時にはポケットの中に入っていた携帯電話を取り出して、大木くんに電話をしていた。

「先輩の言う通りでした」

「何が？」

「浮気されてました」

「……今どこ？」

「穂積です」

「行くわ」

帰る足がないことは言っていない。察してくれたのだ。近くまで来たところで電話がかかってきて、コンビニで待ち合わせをした。駐車場に車が止まって助手席を開けた。

「やられました」

どんな顔をしていいのかがわからない。もう無理をできる状態ではなかった。苦笑いをするだけで精一杯。何も言わずに座っている僕に、大木くんも声をかけなかった。

運転が始まって数分後。ようやく声をかけられた。

「今度の集会どうする？」

「え？」

「俺たちは皆で飲みに行こうと思ってんだけど来るか？」

「でもリーダーに怒られるんで……」

「アイツには俺から言っとくから大丈夫。お前って酒強いの？」

「いや……」

「そうか。まあ飲んでれば強くなるからな。俺も昔めちゃくちゃ酔い潰れてな。先輩たちと飲んでたんだけど俺を放って帰りやがってよ……」

大木くんは関係のない話を続けた。序盤は相槌を打っていたが、途中からは黙って聞いていることしかできなかった。声を出したら泣いているのがバレてしまう。もう大丈夫だと思って声を出したら少し裏返る。その声を聞いて大木くんは言った。

「まあ女は星の数ほどいるって言うからな」

こみ上げていた感情があふれ出した。あんなに怖かった大木くんの優しさが温かい。車は先輩たちが遊んでいた溜まり場へ向かった。遊んでいる最中に黙って来てくれたのだ。楽しく盛り上がっているところに、泣き顔で入っていくわけにはいかない。手で顔をぬぐって家に入った。

「おぉ！　なんだ？　珍しいじゃねーか」

「すいません。お邪魔しちゃって」

「あ、そうだ！　聞いてくれよ！　この前の喧嘩で情けない戦い方してたんだよ」

「え？　いつですか？」

「公園で喧嘩した時だよ！　飛び蹴りから始めただろ」

「違いますよ！　あれは相手がボクサーだったから……」

「本気で言ってるわけじゃねーよ！　必死になんなよ。ハハハハハ」

この瞬間だけは現実を忘れることができた。この時間が永遠に続けばいいとさえ思ったが、家に帰ると考えてしまう。タケルの死で憔悴していた僕を励ましてくれた、あの言葉。

「健悟。私にはわかるんだけどね、今タケル君は健悟の後ろで佇んでるよ。温かい感じがする。私にはわかるんだ」

ふざけるな。どこまで馬鹿にしたら気が済むんだ。どうせ心の中で笑っていたんだ。こんなヤツを唯一の救いだと思った自分が馬鹿だった。救いなんてない。救いようのない人生だ。もうどうでもいい。誰も信じられない。この日から僕は自分の闇を吐き出すように荒れ狂っていく。

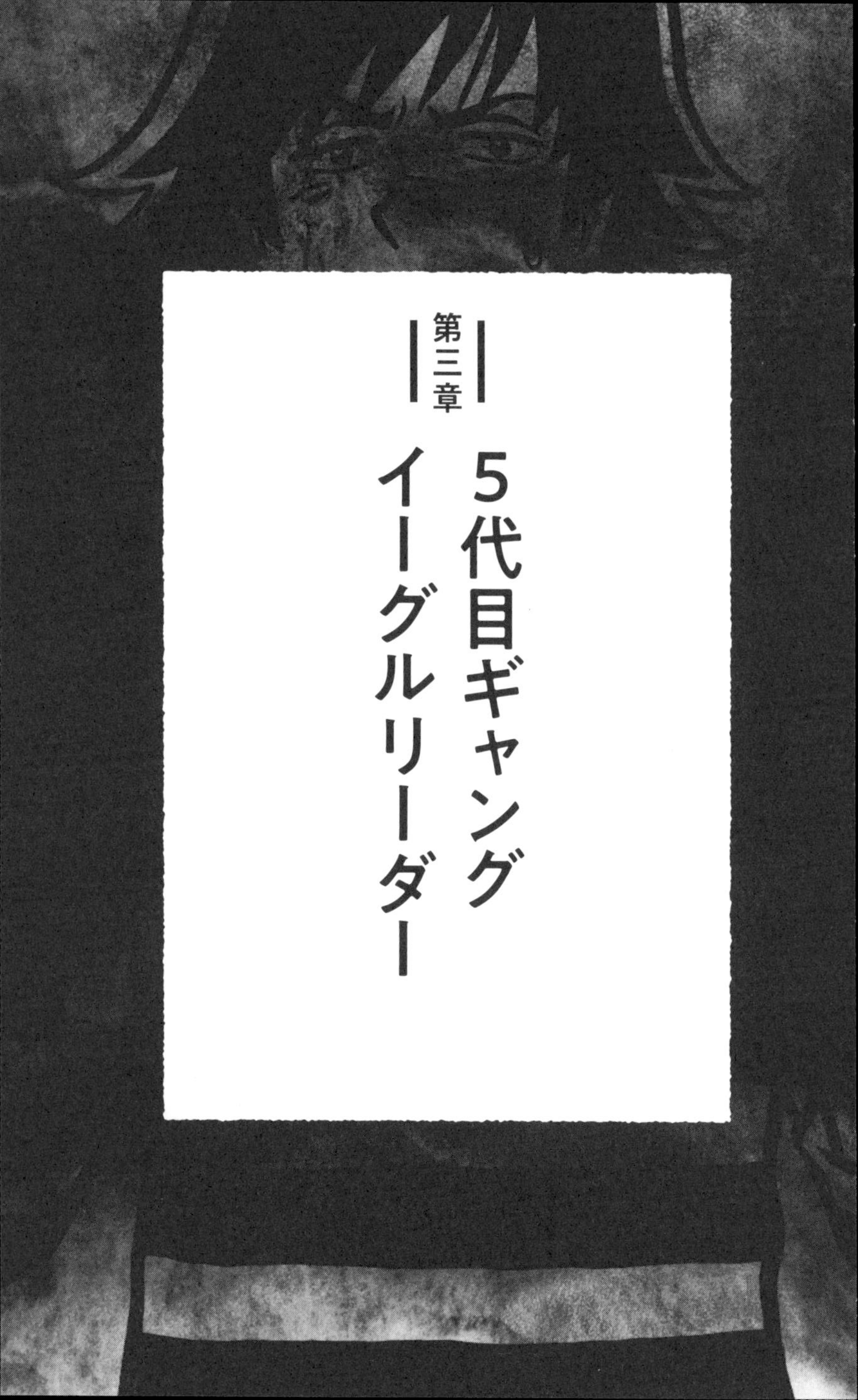

第三章　5代目ギャング　イーグルリーダー

5代目ギャングイーグルのリーダーに就任

3代目ギャングイーグルは引退の時期を迎えていた。精神的な支えになってくれていた先輩たちを失って、徐々に僕のコンディションは崩れていった。友達と会うことも億劫になって、家族にも心を閉ざすようになる。

何気なくテレビを点けた。バラエティ番組を見れば少しは元気を取り戻せるかもしれない。中学生の頃から見ていたDVDをレコーダーの中に入れた。いつ見ても笑えるはずの映像が流れても全く笑えない。

「おかしくなったかもしれない。助けてほしい」

精神科に通っていた知り合いに相談して紹介してもらった。この人は自分が通院していたわけではないが、自分の子どものために病院に行って理解を深めていた。車で病院まで送ってもらっている時に言われた。

「福田さんは優しすぎるんだと思います。優しすぎたり真面目すぎると、いろいろと考えてしまうので」

違う。僕は優しくなんてない。優しさとは縁遠い人生だ。病院に着いて診察をしてもらったら、結果は思わしくなかった。この日から精神安定剤を飲むようになる。信じていた人に裏切られたことで何を信じればいいのか、わからなくなっていた。

こうなるくらいなら最初から誰のことも信用しなければいい。信じなければ裏切られることもない。この頃3代目のリーダーは彫り師になっていた。

「なぁ、福田。タトゥー入れねーか？　普通1時間1万だけど、お前なら7000円にしてやるぞ」

自暴自棄になっていた僕は、安いからという軽い気持ちで一生モノのタトゥーを体に彫る。先のことなんか考えていなかった。

3代目が引退して人数は一気に減った。後輩が入ってきたとはいっても数人程度。このままでは自分たちの世代になった時に、ガクッと規模が小さくなってしまう。先のことを考えてスカウトを開始。その流れで川田さとしがチームに入ることになった。さとしは同じ中学の1個下。当時は生意気だという理由でヤキを入れたことがある。さとしが入ることになったのは三浦がキッカケだった。三浦も同じ中学の1個下だ。

彼らにしてみればチームに入って早々に肩すかしをくらっていたと思う。というのも4代目のリーダーが平和主義で揉め事を起こさなかったからだ。ギャングチームに入っていて、平和主義というのは筋が通らない。たまに他のチームと揉めることがあっても話し合いで終わり。納得ができなかった。3代目が守り抜いてきたチームの名前を落とす行為だ。少しずつ着実にストレスは溜まっていく。

「もしもし。阿修羅と揉めたんだけど今から来れるか?」

阿修羅は暴走族。言われた場所に行くと、相手チームの数名とリーダーが来ていた。なぜか安田さんまで来ていて、少し離れたところで座っている。どうやら4代目ギャングイーグルの様子を見に来たようだ。まずは僕たちサイドの頭と敵の頭の話し合い。内容が気になって近くで聞き耳を立てていた。

「すいません」

「よし。わかった」

相手の謝罪を聞いて、安田さんのほうに歩いていく4代目リーダー。嘘だろ? まさか今回も話し合いで終わるのか? わざわざ来た安田さんに何て報告するつもりだ? もう我慢できない。

「オイ! お前ホントは、悪いなんて思ってねーんだろ?」

「はぁ?」

「何だ? その口の利き方は?」

全てを言い終わる前に僕は相手を殴り飛ばした。安田さんのほうに向かって歩いていた4代目は、振り返って踵を返す。場は騒然。全員が大暴れ。血まみれになった相手チームの連中が倒れていた。この一連の流れを見て安田さんは納得した表情をして立ち去った。4代目を差し置いて騒動を引き起こしたことに、不思議と気まずさは一切なかった。後日。OB集会で河本さんと龍さんに直談判をした。

「もう世代交代をしてください。今のギャングイーグルは平和すぎます。ついていけません。これからは、昔のギャングイーグルを取り戻してみせます」

「おぉ、気合い入ってるな。気に入った」

龍さんは現役のギャングイーグルのメンバーたちを集めて多数決をとった。今のギャングイーグルに納得がいかないなら、忖度をしないように目を伏せて手を挙げるように言った。結果。僕は5代目ギャングイーグルのリーダーになったのだ。

4代目の目線は少し気になったが、初代が認めれば文句は言えない。不安定な精神状態で地元最強のチームを引っ張っていくのは不安だったが、誰も僕が不安定な状態だとは知らない。

安定剤を飲んでいれば、平常時と同じように立ち振る舞うことができる。もちろん薬に頼っていることは隠していた。ギャングイーグルのリーダーが、安定剤を飲んでいるなんて知られたら笑い者にされる。

何のためにリーダーを目指したのかは忘れてない。友人の賢司が先輩たちに袋叩きにされたのがキッカケだった。ギャングイーグルの本来の姿は、集団リンチをするような腐ったチームではない。人数が多すぎて全員に美学が浸透していなかったのが問題だったのだ。だったら自分が全員を統率すればいい。そう思ってリーダーになることを目指し続けてきた。

それもあって後輩たちには厳しくした。それだけじゃない。暴れすぎて警察に連れて行かれそうな後輩がいれば頭を下げて許しを乞う。これは3代目リーダーの模倣だ。ただ恐怖を植え付けるだけでは下はついてこない。このやり方は正しかった。全員が同じ方向を向いて一致団結していった。

それだけにショッキングな出来事が起きてしまう。

「おぉ、福田。今から出れるか？」

「え？　どうしたんですか？」

「井森が薬物に手を出したんだってよ。わかってるよな？　俺達のルール」

3代目リーダーからの電話だった。ギャングイーグルは集団リンチと薬物は御法度。言われた場所に着いたら井森は顔面蒼白で、うなだれていた。無理もない。3代目だけじゃなく初代も同席している。

「おぉ、きたか。もうコイツは認めてる。ケジメつけてやれ」

後輩である井森は1年前にチームに入ってから僕に懐いていた。リーダーになってからはなおさら、尊敬の眼差しを向けてくれていた。そんなやつが薬物に手を出したことはショックだった。コイツの目を覚ますために、やるべきことはたったひとつ。

わかっている。わかってはいるが手は出ない。数日前まで笑って話していた関係性だ。これまでも薬物を使ったことで、処罰を与えられたメンバーはたくさんいた。1発や2発では済まない。完膚なきまでに叩きのめされる。あんなに自分を慕ってくれていた井森を、立ち上がれなくなるくらい殴るなんて僕にはできない。

「無理そうだな。しょうがない。俺がやってやるよ」

まずい。3代目は僕とは比べ物にならないほどの腕力の持ち主。こんな人にやられたら井森はタダでは済まない。こうなったら自分がやるしかない。断腸の想いで拳を振りかざした。3代目や初代が納得するまで、何度も何度も殴り続けた。

「何でだよ！　何で薬物なんかやったんだよ！　何でそんなもんに、手出したんだよ！」

「もういい」

こうするしかなかった。これで井森と僕の関係は終わるだろう。家まで帰る際に車のハンドルを握る手は、感じたことのない痛みをともなっていた。家に着いて玄関の扉を開けようとしたタイミングで、井森から電話がかかってきた。

「ありがとうございました……」

「え?」

「ありがとうございました……。本当にありがとうございました……」

「おぉ……。もう二度と薬物なんてやるんじゃねーぞ」

「はい。絶対にやりません」

井森はわかっていた。痛みを感じているのが自分だけじゃないと。彼が同じ過ちを犯すことはない。信用ではなく事実だった。しばらく集会には来なかったが、顔の腫れが収まってから姿を見せるという約束通り数週間後には復帰をした。それからというもの井森と僕の関係は、今までよりもさらに強固なものとなっていく。

人生最悪の出会い

以前は理想と現実のギャップに耐えられずにコロコロバイト先を変えていたが、本腰を入れて働くことに決めた。地元で最大のチームを率いているリーダーが、小銭を持ち歩いているわけにはいかない。勤め先はガソリンスタンド。ここで最悪の出会いを果たしてしまう。

「今日からお世話になります。田畑です。よろしくお願いします」

年齢はおおよそ40歳。前職は社長。会社の倒産を理由にバイトを始めることにしたそうだ。栄光からの挫折で、多くの苦汁を舐めてきたに違いない。そのぶん田畑さんからは、ゼロから頑張ろうという気概が伝わってきて清々しかった。自分の立場を理解して、古株の僕たちより歳上だが常に低姿勢。

こんな人柄だというのもあって、周りと距離を縮めるのも早かった。かくいう僕も一緒にご飯を食べに行くことになる。田畑さんからのリクエストで行き先は焼肉。大丈夫か？　倒産したばかりで経済的な余裕はないはずだ。

もちろん奢ってもらうつもりはないが、逆に僕も人の分まで払う余裕はない。まぁいい。なるようになるか。先に焼肉屋に着いて、田畑さんの到着を待っていた。しばらくして現れたのは、高級車を運転する田畑さんだった。

バイト先に来る時は軽自動車。そうか。常に高級車に乗るのは、ガソリン代などのことを考えても気が気じゃない。だから普段は軽自動車に乗って、稀に高級車に乗るという算段か。車から降りてきた田畑さんの装いも、普段とは違っていた。高級感に満ち溢れている。なかに入ってメニューを見ながら、次々と高いものを注文する田畑さん。

「大丈夫ですか？　僕そんなに、お金ないですよ」

「大丈夫、大丈夫。ほら」

そう言って開いたカバンの中には、数え切れないほどの札束が入っていた。ん？　何だ？　社長だった時の名残りにしては多すぎる。バイトをしているのは、何年も先の未来を考えてのことか？この疑問の答えは料理が届いてから明らかとなる。

「今日はさ、福田くんに良い話を持ってきたんよ。儲け話なんやけどさ」

「またまたぁ～！　そんな儲け話があったら、田畑さんがやってるでしょ」

「いや僕もやってんねんけどね。福田くんには良くしてもらってるから、紹介したいなぁと思ってさ」

「もういいって。そんな儲かる仕事を田畑さんがやってたら、今頃バイトなんかせずに贅沢三昧でしょ」

「……実は僕こういう者やねん」

そう言いながら差し出した右手の小指は、第二関節までしかなかった。バイト中に何度か手を見る機会はあったが気づかなかった。肌が弱いからという理由で、常に軍手を装着していたからだ。信じられない。どっからどう見ても普通のオッサンだ。中肉中背でメガネをかけてニコニコしている。

「今の時代は大変なんよ。自分の職業を言っただけで、捕まってしまう場合があるからね。でも賢く生きるためには、カモフラージュも必要やで。正体がバレたくない時は軽自動車。仕事の話をする時は高級車。これは福田くんも参考にするといいよ」

話によると、田畑さんは日本最大の組織に属していた超大物。今は破門をされたようだが、20年前は最前線にいたと言う。それから今日までの空白の20年間は刑務所にいた。

20年の獄中生活を強いられていることから、相当な罪を犯したことが安易に想像することができる。考えるだけで恐ろしい。とてもじゃないが過去を掘り起こす気にはなれない。黙っていると、カバンの中から携帯バッテリーのような黒い機械を出して話を続けた。

「これやねんけど。ここにクレジットカードを通せば、データを抜くことができるんよ。ガソリンスタンドで働いてたら、毎日のようにカード払いの人が来るやろ？　1枚につき5千円のバックがあるから。どう？　やるやろ？」

「え⁉　あ……、いや……」

「大丈夫、大丈夫。罪悪感はいらんよ。損するのは保険会社だけやから。どうする？」

「あ、はい……」

「よっしゃ。決まりや。とりあえず今は手元に機械が1台しかないから、先方から返却されたら福田くんに渡すな」

この日は話だけで終わって、豪勢な焼肉の食事代は全て田畑さんが支払ってくれた。おそらく彼は今まで出会ったなかで1番ヤバイ。理屈ではなく魂が危険を感じている。能ある鷹は爪を隠すという言葉通りだ。バイト先では面影すら出さない。

「福田くん。聞いてや。こないだ佐々木に呼ばれて、ご飯行ったんよ。そしたらアイツ女の前でええ格好したかったんか知らんけど、俺の頭に酒浴びせよってん。ほんで俺ブチ切れてもうてな。金置いて帰ってきたったわ」

佐々木さんはガソリンスタンドの先輩。彼のことは僕も好きじゃなかった。かといって田畑さんに目をつけられて、ザマアミロとは思えない。それは田畑さんの逆襲が尋常じゃないほど非人道的だったからだ。

「アイツの家族が大阪におるのがわかったんよ。だから責任とってもらおうと思ってな。こういう時どうするか知ってる？　外人に依頼すんねん。嫁と子どもを半殺しにして写真を撮らせる。それを受け取る時に金を渡すんよ。でもアイツ自身にも責任とってもらわんとアカンな。よし。車のトランクにシャブ入れて警察に通報したろ。これでアイツの人生は終わりや」

半端じゃない。住む世界が違う。結局この後は佐々木さんから再三に渡って、謝罪があったことで許すことにしたと言っていた。良かった。他人事ながらも、関係のない奥さんや子供まで被害に遭うと聞いて気が気じゃなかった。

何日か経って何気なくテレビを点けたら、不穏なニュースが流れてきた。『スキミングの実行犯、逮捕』心臓を鷲掴みにされたような感覚に陥る。スキミングは田畑さんが僕に持ちかけた仕事だ。

マズイ。このままでは自分がテレビに映っている犯罪者の二の舞になってしまう。テレビを消して急いで田畑さんに電話をかけた。

「どうしたん? 話って」

「今日テレビ見てたら、スキミングで逮捕されたっていうニュースやってて。あれ見た時に思ったんですよね。やっぱ自分には向いてないんじゃないかなぁって。だから例の話は無しで……」

「それは筋が通らんのと違う? コッチも遊びで声かけたわけやないんやからさ。1回やるって言っといて、やっぱ止めときますっていうのは自分勝手すぎるで」

彼が言葉を発するたびに恐怖が全身を支配していく。これまで隣で見聞きした残忍な行為が、自分に向けられているのは明らかだった。この男の手によって自分の人生が終わらされてしまう。それは仕事を引き受けても同じこと。どうすればいい。

「いいよな? 最初の話通りに進めるで? 後ろ向きに考えたらアカンねん。前向きに考えれば怖くないって」

「……はい」

断れなかった。全ては自分の責任だ。どこかで甘い汁を吸えるという、邪な考えがあったのだ。ただでさえ精神的に参っていた状況で、追い討ちをかけるように降り掛かった災い。数日後。家に不審な電話がかかってくる。受話器を取ったのは祖母だった。

「たぶん中国語だと思うんだけど、怒鳴ってるような感じだったよ。何回もかかってきたから、今は電話線を抜いてあるけど」

田畑さんの取引相手は中国人。もう安定剤を飲んでも正気ではいられなかった。そこにギャングイーグルの4代目から電話があった。世代交代をするうえで引き継ぎをするための連絡だったが、様子のおかしい僕に気づいて家まで来てくれた。

「そうか。事情はわかった。もう殺すしかないだろ」

「いやダメです。そんな迷惑はかけられません。これは僕が自分で何とかします」

世代交代を要求して、先輩たちを追い出す形をとってしまった僕に手を差し伸べようとしてくれた。

最初で最後の大事件

どうすることもできない状況に右往左往していた時。5代目ギャングイーグルとして最初で最後の大事件が起きる。いつものように十六銀行の前で集会をしていた時だった。後輩の三浦が駆け寄ってきて言った。

「福田さん。ホワイトソウルっていうチームのやつらが、自分たちのチームのバックにギャングイーグルがついてるって言ってるらしいですよ」

「あ？　なんだ、それ。ちょっと今からソイツに電話しろ」

ギャングイーグルが他のチームのバックについているという事実は一切ない。情報元は三浦の後輩。この後輩が相手チームのリーダーと知り合いで、本人に聞いた話を三浦に伝えたとのこと。話ではホワイトソウルは僕たちの1個下、2個下の集まりだと言う。人数は変わらないようだが、戦力がまるで違う。

かつての自分を思い出した。昔の僕もギャングイーグルに入ってないのに、入っているという嘘をついていた。そんな嘘をつきたくなるくらいに魅力的なチームなのだ。自分たちの代になっても、威厳を保てているのはうれしかった。

あの頃の僕は、まさか自分がチームのリーダーになる日が来るとは夢にも思っていなかった。こうして物思いにふけっているうちに三浦は後輩に電話をして、相手リーダーの連絡先を突き止めていた。

「あー、もしもし？　キミらのチームの後ろにはギャングイーグルがついてんの？」

「え？　誰？」

「ギャングイーグルのリーダーですけど」

かつて電話でこう言われて、身の毛がよだつ思いをしたのを覚えている。彼もおそらく同じ思い。人を脅すにはどうすればいいか。どうすれば相手を自分に従わせることができるかは、先輩たちの背中を見て学んでいた。

「で？　どうなの？」

「そんなこと言ってないです」

「ふぅん。じゃあ俺の後輩かキミの知り合いが嘘ついてんの？」

「いや知らないです」

「なんだ、その態度。ナメてんのか？　テメー」

「……」

「まぁ、いいや。とりあえず事実かどうか確認しねーとな。お前の知り合いと2人で岐南のパラディアに来いよ！　明日の朝10時な」

電話を切って場所を移動することにした。ひょっとしたらチーム同士の抗争になるかもしれない。5代目ギャングイーグルは総勢30人。人数は減っていたが勢いは落ちていなかった。公園に着いてから全員を前に報告をした。

「オッケー？　集まった？　明日たぶん喧嘩があるから、常に連絡をとれるようにしといてくれ。相手は三浦たちの1個下で、20人くらいの白ギャングだから。気になることがあったら三浦に聞いてくれ」

明くる日。目覚まし時計をかけて起きるのも馬鹿らしい。目を覚ますと約束の時間は過ぎていた。そう思った直後に三浦から電話がかかってきた。三浦には慌てなくていいと伝えて、家に来るように言った。

身支度を済ませて三浦と合流後、パラディアへ向かう。到着すると2人の男が立って待っていた。

「どっちがどっち?」

「僕が三浦さんの後輩で彼が……」

「おー! お前か! で!? 俺らがバックについてるって?」

「いえ……」

「ん? じゃあキミが嘘言ってんの?」

「いえ、僕はそうやって言ってるのを聞きました」

「なんだ? お前ら。2人ともやっちまうぞコノヤロー」

「……」

「でも1人は三浦の後輩か。まぁいいや。じゃあ時間やるよ。今から2人で話してどっちが正しいか決めてこい。5分で決まんなかったら、2人に責任を取ってもらうからな。いいか? 三浦」

三浦は静かに頷いた。2人が話しやすいように、僕たちは少し離れた場所に移動した。5分後。

話し合いを終えた2人が出した答えは、相手リーダーの父親とギャングイーグルのバックが知り合いという結論だった。

うまい嘘を考えたもんだ。そう言えば怖気づくとでも思ったのだろう。相手が嘘を言っていると決定づけたのは、当てずっぽうではない。もし真実ならば今まで黙っていた理由が思い当たらない。とはいえ万が一にでも本当に知り合いだったら、マズい立場になるのはコッチだ。真偽を確かめるための時間は、1時間や2時間では済まない。そのあいだに逃げようという魂胆か。ナメられたもんだ。

「あとで確認して終わり次第また呼び出すからな？　来なかったら全員探すぞ。覚えとけよ」

何があっても逃さない。ほんのわずかな可能性を潰すために、家に帰って各方面に電話をかけた。事実確認が終わったのは4時間後。結果は黒だった。ギャングイーグルのバックに、相手リーダーの父親の名前を知っている者は1人もいない。これで迷いなく裁きを下すことができる。呼び出して追求するために、電話をかけたが出ない。馬鹿なやつだ。三浦の後輩は相手の情報を全て握っている。

「もしもし？　三浦？　お前の後輩は相手リーダーの家を知ってんだろ？　電話に出ないなら家に行くって伝えといてくれ」

この電話のあと、すぐに折り返しの連絡が入る。

「すいません。ちょっと外してて電話に出られませんでした」

「嘘が多いなぁ。お前の親父のことは誰も知らなかったぞ？　どうなってんだ？」

「そうですか」

「まぁいいや。もう1回だけ話を聞いてやるよ。最後に洗いざらい正直に話せ。な？　20時に岐南駅に来い。遅れるなよ」

電話を切って腹ごしらえをするために焼肉屋へ向かった。待ち合わせの時間までは1時間以上ある。三浦と僕と高崎の3人で会食。そこに誰から聞いたかわからないが、先代の先輩たちが2人でやって来た。

「お前ら本当に3人で大丈夫か？」

恐れるに足りない。相手は1個下、2個下の集団だ。僕たちの相手ではない。それに今回は話を聞くために呼び出したのであって喧嘩ではない。念のため近くでスタンバイをしておくとは言ってくれたが心配はしていなかった。

時刻は19時50分。店を出てから岐南駅までは10分もかからない。5分前に出発して、時間通りに集合場所に着く直前。予想だにしない光景が目に飛び込んできた。そこにいたのは約20人の鉄パイプや金属バットを持った連中だった。

「なんだ、これは！　話が違うじゃねーか」

車を飛び出して叫んだが誰も反応しない。頭に血がのぼる。コッチは話し合いをするために呼び出したのに、相手は戦う気でいる。発足したばかりの新参者チームが、県下最大のチームを相手にすることじゃない。

「おい、聞いてんのか？　テメー！　こら」

目の前の相手に照準を絞った。相手の金属バットを掴んで力いっぱい手前に引く。離れない。よく見るとバットはバンダナで手にくくりつけられている。相手は大声を出して掴まれているバットを引き離そうとしている。そうはさせるか。左手を使って全力でバットを握りしめて、右手で相手の顔を殴った。

高崎と三浦も数秒後に車を降りて、他の数十人と殴り合いを始めた。あとから聞いてわかったことだが、2人は車の中で先輩に電話をしていたらしい。

とにかく今は早く目の前の相手を倒す必要がある。1秒でも早く三浦と高崎に加勢しなければならない。格下相手とはいえ、2人で10人以上を片付けるのは荷が重いに決まっている。イチかバチか掴んでいたバットを手前に引き寄せて相手に耳打ちをした。

「お前、これ以上ヤル気あんのか？」

「……」

「ないならやめとけ。な？　わかったか？」

小さく頷くのを確認して、高崎たちの援護をするために後ろを向いた。さすがに劣勢かと思いきや、高崎は駅の駐輪場にある自転車を投げ飛ばして奮闘中。

そこに先輩が2人到着。1人は4代目リーダー。もう1人は喧嘩マシーンのような先輩だ。2人のおかげで相手はひるんだ。よし、いける。このまま押していけば勝てる。その時だった。

「止まれ！」

前任のリーダーが叫んだ。誰かが倒れている。何が起きたんだ？　高崎も呆然としている。相手リーダーが持っていた模造刀からは血が垂れていた。倒れていたのは三浦だった。三浦は耳の後ろから大量の血を流して倒れている。

「1回やめるぞ！　お前らも人殺しにはなりたくねーだろ！」

先輩の剣幕に押されて、相手は立ち尽くしていた。急いで三浦を車に乗せて、僕たちは病院に向かった。頼む。間に合ってくれ。タケルのことが頭をよぎる。もし帰らぬ人になってしまったら自分のせいだ。三浦は救急で診てもらうことになり僕たちは結果を待った。

あとで連絡するという約束で付き添いには先輩たちが残って、僕と高崎は駅に戻ることにした。車を走らせること数十分。病院にいる先輩からメールが届く。

『三浦が言語障害になるかもしれない』

こんなはずじゃなかった。もっと楽に勝てるはずだった。自分が油断をしたせいだ。最初から用意周到に準備を進めておけばよかった。相手が正直に非を認めて謝れば許そうと思っていたのに。その温情に対する報いがこれか？　許さない。

そんな意気込みも虚しく、現場には誰1人として残っていなかった。閑散とした状態。そこに1人また1人と、仲間たちが現れた。病院に残っている先輩から連絡をもらったようだ。龍さんや安田さんまでいる。それどころか地元中のチームから、力を貸してくれる仲間たちが集まった。クラップス、ブラックキラー、神威、我威邪。現場にいた当人として事情を説明した。

こうして総勢100人のホワイトソウル狩りが始まった。さっきの乱闘騒ぎから時間はそんなに経過していない。まだ近くにいるはずだ。助手席で窓の外を見ながら目を光らせた。それっぽい車やバイクが通るたびに顔を覗き込んだ。異様な雰囲気を感じ取ったのか、誰1人として目を合わせる者はいなかった。

一向に見つかりそうにない気がして、違う場所に移ろうとした時だった。目の前を2人乗りのバイクが通る。手には金属バットを持っている。間違いない。アイツらだ。高崎に車をギリギリまでバイクに近付けるように頼んだ。相手は唖然とした表情をしている。

「降りろ！　轢くぞ！」

　窓を開けて叫んだ。この声に反応をして素早く路肩にバイクを止めた2人は、細い道に入って走り去った。二手に分かれた相手を高崎と分担して追走。姿を見失って十字路で佇んでいると、学校のほうにチラッと人影が見えた。

　全力で追いかけたが相手も必死だ。数分の追走劇を繰り広げた結果、ようやく追いつくことができた。持っていた金属バットを奪い取ってフルスイング。倒れた相手を捕まえて高崎と合流。高崎も標的を捕まえていた。とらえた2人を車に乗せた直後、先輩から電話がかかってきた。

「もしもし。福田？　トンボ池に来いよ！　何人か捕まえたぞ。お前の殴るとこも残しといたから」

　トンボ池は堤防の先にある野原だ。後ろの席に2人を乗せて、真ん中で高崎に見張り役をしてもらう。10分後。到着した先には3人の怪我人がいて、全員どこも殴る場所など残っていないくらいボコボコだった。そこに自分たちが連れてきた2人を並べて計5人の尋問をスタート。

「お前らタダで済むと思うなよ？」

「……」

「聞いてんのか！」

　後ろにあった2メートル近い高さから崖下に蹴り落とす。

「お前は返事しろよ？」

「は、はい！」

「タダで済むと思ってんのか？」

「いえ、思ってません」

「おー！　そうだよ！　そうやって最初から答えろよ！　褒美に金やるからコンビニ行ってこいよ」

「え？」

「その金でハサミ買って来い！　お前も俺の後輩と同じ目に遭わせてやるよ！　当然だろ？　こっちは耳と首を切られてんだからな！」

「すいません！　すいません！」

「それが嫌ならメンバー全員の住所と電話番号を教えろ！　1人でも忘れたり嘘ついたら、わかってるよな？」

崖下に落ちた1人を除いて4人は一丸となって情報を集めた。それでも全員の住所と電話番号は手に入らない。精一杯やっているのは見てわかる。最初から全員の情報が手に入るとは思っていない。手を抜かないように脅しただけだ。

「もう無理そうだな。お前ら他のやつらに言っとけ。今から知らない番号からかかってくるから出ろって。出なかったら家まで行くってな」

4人から得た情報を仲間100人にメールで一斉送信。散らばった100人が今いる場所から、一番近いところに住んでいる相手を呼び出す。先輩や仲間たちに1つだけ頼んだのは、相手を捕まえても手は出さないこと。狙いは相手チームの壊滅だ。力でねじ伏せても復讐の連鎖は止まらない。誰かが三浦と同じ轍を踏む可能性はゼロじゃない。

だから相手チームの下っ端には、リーダー宛にチームを抜けたいという内容のメールを送らせる。メールを確認後に何もせずに帰す。見せしめはトンボ池に集めた5人で充分だ。指示に従わなければ許すつもりはない。チームから脱退したフリをして、後でチームを作った場合も同じ。今後の方針が決まったところで、5人は置き去りにして車を走らせた。

高崎の車に戻って助手席で仲間たちに連絡をする。それから5分も経たないうちに、先輩から1人を捕まえたという連絡が入った。

「お前ら、なんで武器を持ってきたんだ?」

「喧嘩があるからって言われて……」

「お前らの頭が嘘ついてたの知ってるか?」

「嘘……ですか?」

「自分たちのチームにはバックに、ギャングイーグルがついてるって言ってたんだよ」

「え?」

「その話を聞くために呼び出したのに、騙し討ちするようなことしやがって」

「す、すいません」

「お前は知らなかったんだろ？　お前らのリーダーが悪いんだよ。どうする？　まだアイツについてくか？」

「いえ」

「よし。じゃあチーム抜けるってメール送れ」

この方法はうまくいった。全く抵抗されることなく望みどおりになる。強制的ではなく、自発的に自分たちのチームのリーダーに失望をすれば、本当の意味でグループは崩壊する。そこまで計算していたわけではないが、結果的に良い流れを作り出した。

メールを確認して相手を帰らせたあとで、仲間たちにも順調にことが進んでいる旨を伝えた。さらに続けて僕たちが1人、仲間たちが11人をチームから脱退させることに成功した。

時刻は深夜1時。ゴールは全員を捕まえることだが、今日は最後の目的を果たすだけで充分そうだ。その目的とは相手リーダーの確保。住所は知っている。もう100人の人手は必要ない。協力してくれた仲間たちに感謝を伝えて、今日は捜索を中断することにした。ここからは僕1人でも何とかなる。尋問で得た情報をもとに、相手リーダーの家まで高崎に送ってもらった。

「ありがと。また終わったら連絡するわ」

「本当に1人で大丈夫？」

「大丈夫、大丈夫。じゃあ終わったら迎えに来てくれ」

あたりは暗く、一段と静けさは増していた。おあつらえ向きに相手の家だけを照らす街灯がポツリと1つある。人通りも少ない。ここなら捕まえる時に一悶着あっても大丈夫そうだ。まだ家に帰っていなければ帰ったところで捕まえられる。張り込みをしている警官のように、物陰に隠れて動向をうかがった。

2階の窓ガラスには人影が見える。ひょっとしたら、すでに家の中にいるのか。そうなると手出しはできない。2時間後。帰ってくる気配はなかった。

「グゥ〜」

時刻は午前3時。空腹に耐えられずに近くのラーメン屋に入る。こうしている間に帰ってきていたら捕まえることはできない。今日はもう終わりにしよう。焦ることはない。家にいる高崎に連絡をして迎えに来てもらった。


夜が明けて携帯を見たら何件か着信が入っていた。折り返して内容を聞くと、相手の学校を突き止めたという連絡だった。その学校にいた仲間たちに情報をリサーチしてもらったところ、彼らは学校に来ていないことがわかった。退学届けを出した者までいるとのこと。それに加えて相手チームのリーダーの親が、警察に被害届けを出したという知らせが届いた。

「もしもし？　俺と兄貴で相手の親のとこに行くから、一応お前も来てくれ」

4代目のリーダーから連絡があって、彼の兄である初代ギャングイーグルの先輩と3人で車を走らせた。余裕な素振りで話す2人を後部座席で見ながら心もとない気持ちになる。

着いた先は昨日1人で張り込みをしていた家の前。夜とは様相が違う。話しているあいだは、車で待っているように言われた。どんな話し合いが行われているのか。僕が呼ばれたのは当事者としての情報が必要となった時のため。出番はあるのか。そんなことを思っていたら2人が出てきた。

「どうなったんですか？」

「被害届けを出すのはいいけど、自分の息子も凶器を使ったのを忘れるなって言ったんだよ。そしたら被害届けは取り下げるってよ」

さすがだ。今までも似たような状況を乗り越えた経験があるのだろう。今回の騒動は、これでオシマイ。これ以上の深追いは必要ない。この件に協力をしてくれたみんなに、感謝と残党狩りの中断を言い渡した。

これで長い戦いに終止符が打たれる。そう思っていた。

「福田健悟」から「45」へ

「ドン、ドン、ドン、健ちゃん！　警察が来てる」

ノックの音で目が覚めた。ドア越しに祖母の声が聞こえる。眠たい。なによりも先に眠気を感じた。直後。すぐに血の気が引いた。部屋の鍵を開けてベランダに飛び出すと、家の周りには刑事らしき人影が見える。部屋に戻って数秒も経たないうちに、5～6人の男性刑事が入ってきた。

直感で白いあごヒゲの男がトップだとわかった。他の若手刑事は何かを探している。先日の抗争で凶器を使ったのが僕たちだと疑われていたようだ。この段階で警察が掴んでいる情報は曖昧だとわかった。

母親がリーダーらしき刑事に事情を聞いている。大丈夫だ。どれだけ聞かれても問題はない。部屋のなかを探しても何も出てこない。家宅捜索を刑事たちが続けているあいだに、署で取り調べを受けることになった。シラを切り通せばいいのだから問題はない。母親に心配しなくていいと伝えて、車に乗り込んだ。外に待機していた刑事の運転で警察署に向かう。

「3週間前に岐南駅で喧嘩しただろ？」

「そんな前のこと覚えてねーよ」

「自転車を投げたのは誰だ?」

高崎だ。そこまで知っているのか。誰に聞いたんだ。なんにせよ確認しなければいけないということは、確証を得ていないということだ。口を割るわけにはいかない。知らぬ存ぜぬでごまかした。また来ると言い残して取調官は部屋から出ていった。30分後。

「自転車投げたの高崎じゃねーか。本人が認めたぞ」

ということは高崎も今ここにいるのか。取調官が嘘をつく理由はない。つまり逮捕された可能性が高いということだ。なんで認めてしまったんだ。認めなければ逃げ切れたはず。粘着質な取り調べに音を上げたのだろうか。

気持ちはわかる。同じ閉鎖空間で何度も何度も同じことを聞かれたら嫌になる。だからと言って白旗を上げたら思うツボ。こういう時は他のことを考えるに限る。取調官の尋問は全て聞き流した。

「聞いてんのか、コラ!!」

突然がなり声を上げて机を叩いてくる刑事。何をしてるんだ? こんなのハッタリに決まっている。今まで数々の修羅場を潜り抜けてきた自分に通用するはずがない。取調官の名札と顔を交互に見て意味ありげな表情で言った。

「楽しみだなぁ」

俺たちの情報網をナメるなよ？　お前の後藤という名前と、刑事であるという情報さえわかれば身元を調べるのは簡単だ。そう伝わるように不敵な笑みを浮かべた。それを察したのか今日はこれで帰っていいと言われる。

取り調べ室のドアが開いて取調官は左に、右からはベテラン風の刑事がツカツカと近寄ってきた。この時に言われた言葉は忘れられない。

「覚えておけよ。タダじゃ済まさねーからな」

確信を持ったような言い方に少し身震いがした。こんなの脅しだ。証拠がなければどうすることもできない。そう自分に言い聞かせる。

両親は驚きを隠せない様子だった。2人は僕がギャングチームに入っていることを知らない。ましてや地元で最大規模のチームを率いているリーダーだなんて全く思っていない。

タケルの死。マヤの浮気。田畑の追い込み。警察からの脅迫。全てが解決していない状態で、次から次へと押し寄せる悲劇。今できることはリーダーとして仲間たちの安否を確認すること。そこにタイミング良く、4代目リーダーから電話がかかってきて現状を知ることができた。

「おぉ！　福田！　大丈夫だったか」

「はい。高崎は捕まったかもしれないです」

「そうみたいだな。三浦も捕まったみたいだぞ」

「そうなんですか」

「それだけじゃない。相手のリーダーも捕まったんだよ」

「え？　じゃあ他の誰かが被害届けを出したってことですか？」

「たぶんな」

あの事件の首謀者は自分以外の全員が逮捕されていた。1週間が経ち2週間が経ち、何事もない日々が過ぎていく。こうなって良かったことが1つだけある。それは田畑との距離が離れたこと。何度も電話をかけてきたが、警察にマークされていることを伝えると警戒心をあらわにした。最初は関係を断ち切るために嘘をついてるのではないか？と疑われたが、彼なりの情報網を使って僕の証言が事実であることを掴んでいた。以前より穏やかな日常が流れる毎日。そんな穏やかさの中でも嵐の前の静けさのようなものを感じていたのは、ベテラン刑事の言葉があったからだ。1ヶ月後。

朝、目覚めるのと同時に姉が部屋に入ってきた。

「けん！　警察」

今回は前回とは様子が違う。直感でベテラン刑事の言っていた言葉が現実になったと確信した。

この瞬間に携帯を開いて後輩の川田さとしにメールを打つ。

『俺はもうダメだ。次の頭はお前がやれ』

携帯をベッドに投げて2階の自分の部屋から1階におりると、玄関には逮捕状を持った刑事が立っていた。つらつらと読み上げられる罪状。テレビで見たことがある場面だ。家族は言葉を失っている。抵抗する間もなく手錠をかけられて、問答無用に車に乗せられた。両脇にはピッタリと2人の刑事がくっついている。

「どこ連れてくつもりだよ」

「黙れ」

雰囲気は最悪だ。空気は張り詰めている。長い沈黙。彼らも無駄なしゃべりはしない。前回と同じ警察署に着いて中に入る。前回と違うのは手錠をかけられていること。交通課や生活安全課などを横目に取調室へと向かう。職員たちの目は逮捕された男を見る目だった。

トイレに行くことを許されたものの手錠はそのまま。手錠と繋がった紐の先端を持った刑事は、少し離れたところに立って目を離さない。しかも人が用を足している最中に威圧的な言葉を放ってきた。

「今日から地獄を見るからな。覚悟しておけよ」

気分は最悪だ。点と点が線になる。ベテラン刑事の言葉。ガラの悪い警察。今の言葉。これから待ち受ける困難を予想するのはたやすかった。手を洗って送風器で乾かした。

手錠の「ヂャラ」という音が耳につく。トイレから出て取り調べ室に通される。もし違法な取り調べを受けたら法律を盾にしよう。自白の強要は効力がない。

「なぁ、お前もう諦めろよ？　やったんだろ？」

「やってねーっつってんだろ」

「そうか。じゃあ待ってろ」

意外にも早く部屋を出た。これなら前の取り調べのほうがキツかったくらいだ。若い刑事が部屋を出て別の刑事が部屋に入ってきた。

その姿を見て早く取り調べを終えた理由がわかった。身長約2メートル、体重約100キロの大男。安田さんのような身長で体格はさらにデカい。髭面にパンチパーマで到底カタギには見えない。ドシンという音を立てて、椅子におもむろに座ってこう言った。

「どうしても認めねーのか？」

「……やりました」

大男は部屋を出ていった。ものすごい迫力だった。低い声と鋭い眼光の強烈な圧力。今まで会ったなかでも群を抜いて力の差を感じた。まさに蛇に睨まれた蛙状態。さっきの刑事は今の刑事にバトンタッチをすれば、簡単に自供をすると思って交代をしたのだ。最初の刑事が部屋に入ってきて机の上に紙を置いた。

内容は以下の通り。

『解散届。11月20日を以ってギャングイーグルは解散とする』

サインをするように言われたが、筆は進まない。今まで歴代の先輩たちが大きくしたチームだ。自分の代で終わらせていいわけがない。だがサインをしないと罪が重くなる。こういう場所はどれだけ勾留されるのか想像もつかない。1年なのか2年なのか。長くなればなるほど周りとの距離が開いてしまう。

もう無理だ。これ以上は強がれない。ペンを持った手は重たかったが苦渋の決断をした。サインをすると、少し開いた取り調べ室の扉越しに母の声が聞こえる。

「息子はどこですか？　会わせてください」

目が合った。不安そうな目をしている。

「お母さん、大丈夫ですから。落ち着いてください」

「大丈夫だから！　知り合いに弁護士いたら頼むわ」

ちっぽけなプライド。もう手遅れだ。どれだけ取り繕っても全ては白日の下に晒される。諦めの気持ちと開き直りの感情が入り乱れた。それなりに長時間の移動を強いられて、着いた場所は小ぢんまりした警察署だった。2階の薄暗い廊下を真っ直ぐ進んで、突き当たりのドアを開けると一段と暗い場所に着いた。留置所だ。そこには警官が2人。1人は仏頂面。ここまで僕を連れてきた刑事が、仏頂面の警官に僕を引き渡して言った。

「お前は今日から45だ」

いくつか説明を受けた。トイレは自分で流せないため、常駐の警官に頼んで流してもらうこと。お風呂は1週間に1回しか入れないこと。就寝までは寝転んではいけないこと。就寝時間は21時、起床時間は6時。面会は3日に一度で時間は3分。そんなことよりも今は外の世界のことや今後の行く末が気になる。

格好はスウェット。寝間着のまま連れて来られて着替える時間はなかった。腰の部分についている長紐は自殺する可能性があるという理由で没収された。ここに入って最初に恐怖を感じたのはこの時だ。

留置所での苦痛な取り調べ

留置所という場所は自殺をしてもおかしくないほどツライ場所なのか。なかの暗さは豆電球の明かりくらい。光が射し込むのは壁際にある弁当箱サイズの小さな窓だけ。あまりにも小さな窓で、用途を成していないに等しいが外の様子を知ることはできた。時計がないため、時間は窓からの明かりを頼りにするしかない。

現時点では明るい。朝6時に警察が家に来て、今に到るまでの時間を考えても3時間は経っていない。遅くても今は朝9時。これから就寝時間の21時まで12時間も何をしていればいいんだ？ あれ？ 薬がない。ここ最近は1日たりとも安定剤を飲まない日がなかった。今すぐにでも欲しいくらいだ。

『ガチャン、ガシャン』

鉄格子のぶつかり合う音に考え事は打ち消された。音の先には警官と1人の男が並んで立っている。牢屋の施錠が解除されて部屋に入ってきた。彼は約1ヶ月前から留置所に入っていたようで、今は取り調べのために席を外していたと言う。

「福田さんですよね?」

「え? なんで知ってんの?」

「有名なんで」

話を聞くと彼の知り合いがギャングイーグルにいて、僕のことを聞いたことがあるらしい。こういうことは不良の世界にはよくあることだ。知り合いの知り合いは知り合いだったりする。年齢は1つ下だった。

「オイ! 45番、19番、静かにしろ」

ここでは会話をしてはいけない。それでも孤独を埋めるために、ヒソヒソと看守の目を盗んでしゃべった。彼と話すのは楽しかった。1人の時よりも時間が短く感じる。小さな窓から射した光は暗くなっていた。

「起床!」

突然の大声によって叩き起こされる。嫌な現実だ。薄暗い空間にそびえ立つ鉄格子を見たら、一瞬にして現状を把握せざるを得ない。もう少し寝ていたかったが、看守の圧力を感じて立ち上がる。同居人が先に起きて布団を畳んでいるのを見て真似をした。朝6時。

警官に連れられて面会室へ向かう。そこにいたのは母だった。プラスチック製の分厚いアクリル板越しに会話をする。面会時間は3分。ストップウォッチを持った警官が、面会室の端に立って時間を計っている。

「何か必要な物はある?」

目を見てしゃべるのをためらっていた僕は、座った瞬間に母が発した言葉を聞いて安心した。想像していたのは罵詈雑言。3分以内に大事なことだけを伝えようとしている感じ。母の話では差し入れできる物がある。なんでもいいわけではないが、暇潰しができる物を持ってきてほしいと頼んだ。

「あと薬って無理かな? 頭おかしくなりそうでさ」

「あぁ、どうなんだろう。処方箋がないと難しいと思うけど。聞いてみるわ」

「あの……」

「ん?」

「ごめん」

「……済んだことは仕方ないから。ちゃんと反省して出てきなさい」

あっという間の3分だった。僕が母の立場だったら同じことが言えただろうか。

バンドの練習に行くと嘘をついて、ギャングの集会に参加する僕のために土曜日は早めに夕飯を準備してくれていた。そんな裏切り行為をされたら、自分なら面会にさえ行かないかもしれない。

檻の中に戻ると同居人の姿はない。また取り調べに行ったのか。そう思った途端に再び番号を呼ばれた。「45番」この呼び方には慣れていないため返事が遅れる。牢屋の外に出て手錠をかけられた。

取り調べだ。

「お前が相手を呼び出したのか？」

「そうだよ」

「どうやって？」

「電話だよ」

「機種は？」

「は？　マジで言ってる？」

嘘みたいな話だがマジで言っている。どこに呼び出したか。移動手段は？　車の車種は？　こんな調子で、2時間にわたって取り調べは続いた。ドラマだったら苦情の嵐。なんせ2時間も話して、ストーリーは相手を呼び出すとこまでしか進んでいないからだ。


3日目。同居人が聞き捨てのならないことを言い出した。

「実はここ……出るんですよ」

「何が？」

「幽霊です。昨日も夜中に突然ガチャガチャ音がしたと思ったら、外国人の幽霊がトイレに入って出て行ったんですよ」

「19番、取り調べだ」

とんだ置き土産をして彼は部屋から出て行った。1人きり。暗い部屋の中。自然と頭は幽霊のことを考えてしまう。そこに母からの差し入れが届いて、少しだけ気が紛れた。漫画だ。薬は無い。まぁいい。これで暇潰しができる。それに同居人が言い残した幽霊の話を忘れることができる。

読んだことのある漫画で、数時間後には読み終わってしまった。再び頭に甦る幽霊の存在。ダメだ。お腹が痛くなってきた。部屋の右端にあるトイレで用を足した。水は自分で流せないため、看守にお願いしなければいけない。

「すいませーん」

誰も来ない。

「すいませーん」

誰も来ない。

「すいませーん、トイレ流して欲しいんですけど」

「うるせぇな！　何回も呼ぶな！」

奥から看守が怒鳴り声を上げて近づいてきた。トイレを流す時は呼ぶように言われていた。自分の大便と長時間ルームシェアするのは耐えられない。看守は舌打ちをして立ち去った。考えれば考えるほどイライラが募って爆発。手元にあった漫画を渾身の力で鉄格子に投げつけた。

「ガンッ!!」

大きな物音を聞いて駆けつける看守。何も言わずにコッチを見ている。一触即発。睨み合いは続いたが数秒後。看守が元の場所へ戻るのと同時にトイレの水は流れた。同居人が戻ってくるまで、看守に対する怒りで幽霊の話は忘れていた。愚痴を聞いてもらおうと話しだした瞬間に、2度目の取り調べに呼ばれた。昨日と同様に根掘り葉掘り聞くスタイルは変わらない。

「どっちが最初に殴ったんだ?」

「俺だよ」

「パンチか? キックか?」

「パンチだよ」

「右手か? 左手か?」

「そんなの覚えてるわけねーだろ」

「今日は時間があるからな。5時間までなら思い出す時間やるぞ」

試しに黙っていたら、本当に5時間ずっと取調室に閉じ込められた。取調室は牢屋よりも狭い。もう心は折れかけていた。取り調べのあとは尿検査。ベランダのような場所に移動。ベランダとは言っても、公衆電話ボックスくらいの狭さで上は吹き抜け。外の世界とつながっている唯一の場所だ。

「いいか? 今から5分だ。背伸びをしたり外の空気を吸いなさい」

最初は必要ないと思っていたこの時間も、のちに大事な息抜きの時間へと変わっていく。このことを房に戻って同居人に伝えると、成人男性ならタバコも吸える場所だと教えてくれた。まだ3日目で同居人と警官以外の姿を目にしたことはないが、一体ここには何人くらいの人がいるのだろう。

隣の房から聞こえる唸り声。ずっと聞こえている。ただでさえ気が立っている状態で耐えかねる状況だ。マンションの隣部屋が騒がしい時と同じように壁を叩いた。隣人は大声を張り上げて壁を叩き返してきた。逆ギレも甚だしい。自分がうるさいという自覚がないのか。もう一度さっきと同じように壁を叩いた。負けじと相手も叩き返してくる。この応酬は何度も繰り返された。

「120番！　黙ってろ」

ざまぁみろ。警官も悪いのは相手のほうだとわかっている。問題は相手の素性だ。あとで同居人に聞いたら、隣はヤクザだとわかった。最悪だ。なんかしらの形で顔を合わせてしまったらどうしよう。知らずに壁を叩いてしまった、では済まされないだろう。果たして僕は無事にここから出ることができるのだろうか。

冷静に考えれば隣の房のヤクザと揉め事が起こる可能性は低い。警察側もトラブルの種になるようなことは避けるはず。万が一そんなことがあったら大ごとだ。つまり今回の騒動は世界一安全なご近所トラブル。

もし外の世界で同じことがあったら。そう考えると身震いがする。留置所に入っていて良かった。

と、ワケのわからない思考回路に陥っていた。そもそも留置所に入っていなければ、ヤクザの唸り声に悩まされることもない。

4日目。ついに限界がきた。この日は面会も取り調べもなかった。何もやることがない。最後に風呂に入ったのは4日前。臭い。痒い。こんな所に1ヶ月も2ヶ月もいなければならないのか。いや1年か？　2年か？　期間は聞かされていない。

薬だ。薬が欲しい。看守に言おう。そう思ったが同居人はギャングイーグルの後輩を知っていた。そんな奴の前で「精神的に不安定だから薬をください」なんて恥ずかしくて言えない。いや無理だ。呼吸が荒くなる。気づいたら看守に声をかけていた。

「すいません。薬が欲しいんですけど」

「あぁ？　なんの薬だよ」

「精神安定剤です」

「ちょっとくらい我慢できるだろ」

「病院に通ってて。薬が家にあるんです。だいぶ我慢してたんですけど限界です。すいません。お願いします」

「……ちょっと待ってろ」

同居人のほうは見ないようにしていたが、看守と僕のやり取りは間違いなく聞こえている。薬を頼んでから約30秒経過。まだか。早く。1秒でも早く来てくれないと発狂しそうだ。数分後。看守が戻ってきた。

「診察券はあるのか？」

「はい。家にあります」

「じゃあ今から診察券を届けてもらう。薬だけを渡すことはできないそうだ。薬がもらえるのは診察をしてからだ」

助かった。ここに来てから4日間ずっと考えていた。このまま安定剤なしでやっていけるかどうか。母から預かった診察券を看守から渡されて、警察車両に乗って病院へと向かった。先生は犯罪者専門の医者のよう。診察後に滞りなく薬を処方してもらって、服用後は一瞬で状態が安定していった。

今から留置所に戻らなければならない。同居人は僕がギャングイーグルのリーダーと知っている。もし彼に今日のことがバレたら、噂は広まってしまうかもしれない。どう取り繕おうか考えていたが房に同居人はいなかった。このあとにベランダ風の空間に行った時、見張りの警官が教えてくれた。

「19番には今日のことは知られたくないんで、黙っててもらえませんか？」

「あぁ、そういうことなら安心しろ。アイツは今日でここを出て行ったから」

今日のことを話さずに済んだ安心感と若干の寂しさを感じた。今日からはずっと1人だ。この日から看守は食後に水と薬を持ってきてくれるようになった。

面会に来た父の悲しい表情

5日目。父親が面会に来た。父は無口で怒ると平手打ちをする昭和の親。恐る恐る面会室に入った。面会時間は3分。警官がストップウォッチのスイッチを押してから、1分経っても2分経っても、父は何も話さなかった。何を思っているのか。残り30秒。その時、父は話し始めた。

「飯は食えるか?」

「……うん」

「寝れるか?」

「……うん」

「そうか」

会話はこれだけだった。帰り際の父の顔は今まで見たことがないくらい悲しい表情だった。看守に連れられて房に戻った途端に、嗚咽と涙が止まらなかった。なぜだかはわからない。コントロールもできない。周りの警官や隣の房のヤクザは気にならなかった。

かすかに外の世界がわかる小窓から、雪が降っているのが見てとれた。父の言葉からは憎しみも偽善も感じられなかった。僕の知っている父なら怒鳴り散らすか面会には来ない。でも父は限られた時間の中で、僕を気にかける言葉だけを投げかけてくれた。

6日目。もう「45番」と呼ばれることには慣れていた。取り調べが始まって、自分の変化に気づく。取り調べの度に反抗的な態度をとっていたが、今日は反発する気力もない。全てを正直に話した。覚えていないことは適当に答えるしかない。覚えていないでは済まされないのだから仕方がない。明確な答えが出るまで取調官は待ち続けた。

「お前が相手を呼び出したのか？」

「はい」

「現場には1人で行ったのか？」

「……はい」

「嘘つくな。3人いたんだろ？　もう諦めろよ。高崎と三浦も認めたぞ？　現場には1人で行ったのか？」

「……3人です」

7日目。ここに来て初めての入浴時間。少し気分は落ち込み気味だったが、久しぶりの入浴に胸は踊る。頭と体を洗って最高に気持ちの良い感覚は最後に——まるでディナーを即座に腹に流し込んでデザートをゆっくり食べるかのように浴槽に浸かる。

あまりにも短い入浴時間だったが満足だった。温かいお湯に1週間ぶりに肩まで浸かる幸せは桁違いな快感だ。

8日目。この日から12日目までは最初の1週間と同じことが繰り返される。13日目。いつものように取調室に通されたが、普段とは内容が違った。

「お前は明日でここを出る。明日の昼に家庭裁判所で判決を受けるんだ。どんな判決が出ても受け入れて心を入れ替えるんだぞ？」

判決は鑑別所行きか少年院行きの2つに1つ。鑑別所なら約1ヶ月。少年院なら約1年。この違いは雲泥の差だ。1年も外界から切り離されたら、みんなの記憶から自分が消えてしまうのではないだろうか？

14日目。最後の1日。いつも通りベランダで背伸びをしていると、1度お互いに睨み合いになった看守が話しかけてきた。

「今日で最後か。これだけは覚えといてほしいんだけどさ。ここを出て街で俺を見かけても襲わないでね」

思わず吹き出した。彼らも人間なのだ。たしかに彼とはいろいろあった。だが薬の手配をしてくれたのも彼だし、隣の房にいるヤクザに注意をしてくれたのも彼だ。今の彼に、なんの恨みもない。

「そんなことするわけないじゃないですか」

こうして誰かと笑って言葉を交わすのは久しぶりだった。そして房に戻って身支度を始める。昼ご飯を食べて、あとは裁判所からの呼び出しを待つだけだ。

「45番。時間だ」

この名前で呼ばれるのも今日で最後。牢の施錠が解除されて手錠をかけられる。看守に連れられて出口で待っていた警官に身柄を引き渡された。いつもとは違う出口から出て、近くに止めてあった警察車両で家庭裁判所に向かう。

判決の結果は鑑別所への収監。期間は4週間。

鑑別所での暮らし

鑑別所の外観は警察署とあまり変わらなかった。着いて最初にしたことは身体検査。ただの身体検査ではない。お尻の穴まで開いて担当者に見せるのだ。こんな屈辱は他にない。こんなところに何かを隠した前例があるなら仕方がないと、自分に言い聞かせる以外に受け入れる方法はなかった。用意されていた青色のジャージに着替えて部屋に案内される。牢屋というよりは部屋。電気があって窓も大きいが部屋は狭い。留置所と同じくらいの広さだが、自分の他に先客が3人いる。同世代の男2人と外国人が1人。軽く会釈をして自己紹介をすると、3人は温かく迎えてくれた。彼らの名前は『小池良輔』『三上裕太』『エルビン』。

良輔と裕太と僕は同い年。2人は聞いたことのある暴走族で、一緒にバイクで走っているところを逮捕されたと言う。エルビンは年下のブラジル人だった。

「コイツこう見えて年下なんだよ」

「そうなんだ」

「何をして捕まったか教えてあげたら?」

「ん？　あぁ、警察を殴った」

ヤバイやつじゃねーか。でも悪いやつじゃなさそうだ。話によると仲間が捕まりそうになったのを助けようとして、警察に手を出してしまったらしい。3人は1週間前から同じ部屋で共同生活をしていた。

話に花が咲いてワイワイ盛り上がっていると、鑑別所の看守（ここでは先生と呼ぶ）に注意を受けた。1回の注意につきマイナス1ポイント引かれる。このポイントがマイナス10になると少年院行きが決定する。もともと少年院に行くことが決まっている者には関係ないが、他の者には決して無視をすることができないルールだ。

廊下沿いに面したプラスチック製の透明の窓から、先生は僕たちの様子をチェックする。この見回りは分刻みで行なわれる。この時にルール違反をしているところを見られたら、ノートにチェックを入れられる。気を抜くことはできない。

昼食は部屋の隅にある郵便ポストのような窓口から支給される。味は留置所の方がマシだった。鑑別所のご飯は麦飯だからパサパサして美味しくない。食後は貼り絵の時間。とても楽しいとは言えない作業だったが、留置所に比べると退屈はしない。次は読書の時間。先生に紙を渡されて、好きなタイトルが書いてある横の項目にチェックを入れる。

このあとは夕食を食べて食後は入浴の時間。留置所では1週間に1度しかなかった入浴タイムも、鑑別所は集団生活を余儀なくされるからか3日に1度の頻度だった。だが制限時間は5分。

風呂からあがると次は歯磨きとうがいの時間。うがい薬を水で薄めて喉を洗う。最後にパジャマに着替えてオヤスミの挨拶だ。この挨拶は横1列に並んで4人が正座をして行う。他の部屋でも同じようにしているのがわかる。なぜなら奥の方から徐々に声が近づいてくるからだ。通路側に面した窓の方を向いて、整列しながら先生が来るのを待つ。

「おやすみなさい」

先生の挨拶に続いて僕たちも挨拶をする。これには全員が揃わないと終われないという決まりがある。1発で終わることもあれば何回も繰り返すこともある。寝る寸前まで気を張っていなければならない。これが1日の流れだ。


翌日。6時に起床。布団を畳んで横1列に正座をして先生を待つ。今度は朝の挨拶だ。ルールは就寝の挨拶と同様。自由時間はテレビを見ることができた。お笑い芸人がヒッチハイクをして苦労する企画をやっている。ただ見るだけではない。感想文を書く。

『リアクションが最高』

お笑いが大好きな自分としてはこれが本音の感想だが書くことはできない。このまま提出をしたら反省の色がないと判断されて、ペナルティをくらってしまう可能性がある。

『苦労している姿を見て感動した。自分も頑張っていきたい』

全く思っていないことを無理やり書いて提出。その紙を先生が回収しに来る。回収と同時に別の紙を手渡された。そこにはコアラのマーチと海老ピーとイカピーの、3種類の品目が記載されている。横にチェック欄があって好きな物を1つだけ選ぶ。心身共に疲弊している状態で大抵の者は甘い物を選んだ。僕も右にならってコアラのマーチを選んだ。約2週間ぶりに食べるチョコレートの味は格別だった。


3日目。この日は同居人が増えることになった。入ってきたのを見て驚いたのは、知り合いの先輩だったからだ。身長約185センチ、体重約90キロの小宮さん。この日から6畳の部屋に布団を5枚並べることになる。縦と横に交互に置くと、両端の布団が壁に折り曲がるほどの狭さ。

小宮さんは何度か鑑別所に入ったことがあって、立ち振る舞いや身のこなしは慣れたものだった。よって僕は、小宮さんに翻弄されることになる。いつものように「おやすみなさい」を言う直前になると、小宮さんはコッチをチラッと見てオナラをした。そのタイミングで先生が来て、笑っていた僕は減点をされてしまう。

「ちょっと勘弁してくださいよ」

先生がいなくなったあとで、小宮さんに訴えかけるも後の祭り。マズイ。このままだと少年院に行かされてしまう。初日に注意を受けて1回目。座りながら手をついているのを見られて2回目。小宮さんのオナラの罠にかかって3回目。残りマイナス7ポイントで少年院確定だ。今後は襟を正して生活をしなければならない。

この決意も虚しく4回目の減点を受けてしまう。

小宮さんは先生がいないのを見計らってエルビンと話し始めた。エルビンは小宮さん以外の3人としゃべる時はペラペラの日本語を話す。小宮さんとしゃべる時は日本語が下手なフリをする。おそらく強面《こわもて》な先輩だからという理由で、言葉遣いを間違えないようにしているのだ。「はい」もしくは「そうっすね〜」しか言わない。

「なぁ。お前、ここから出たいか?」

「はい」

「じゃあ脱獄するか?」

「そうっすね〜」

「お母さん好きか?」

「はい」

「お母さんの名前は?」

「そうっすね〜」

このやりとりを見て笑っているところに先生が通りがかった。小宮さんを見ると、すでに佇まいを直している。4度目の減点。少年院行きがリアルなものとなってきた。

先生に見つかることはなかったが、一度だけ悪事を働いてしまったことがある。

自分以外のメンバーは2日目に支給された菓子を、6日目まで食べ切らずに残していた。それは菓子の支給が4日に一度しかないことを知っていたからだ。毎日1個ずつ支給されると思っていた僕は、もらった直後に全て食べ切ってしまった。

3日目も4日目も美味しそうに残りの菓子を食べている仲間たち。5日目の夜、ついに我慢の限界がきた。部屋には収納ケースがある。そのなかには各自の持ち物が入っていた。コアラのマーチも例外ではない。トイレに行ったあとで、物音を立てないように引き出しを開けて誰かのコアラのマーチを1つ食べた。たった1つ。闇に乗じた犯行で誰のコアラのマーチかはわからなかったが翌朝。

「あれ？　俺のコアラのマーチが1つない」

エルビンが自分のコアラのマーチがなくなったと騒いでいる。ごめん、エルビン——心の中で謝罪をしたものの口には出さなかった。それよりも小さなコアラのマーチの数を数えていたことに驚きを隠せなかった。

「気のせいじゃない？」

他のメンバーがそう言うのに合わせて相槌を打つ。鑑別所に入って1週間が経過。この頃には読書が日課になっていた。

『母はいつも僕を厳しく育てた。ずっと反発してきた。だが母を亡くした今は思う。ごめん。お母ちゃん。ありがとう。お母ちゃん』

芸能人のエッセイを読んで自分の母のことを思い出す。

『自分もたくさんの過ちを犯した。でも今は人のために何かをしたいと思う。人間は変わることができる』

これは元暴力団の組員が牧師になって書いた本の一節だ。8日目。保護観察官との面会の時間。特に何かをするわけではなく世間話をした。

「今どんな物が食べたい?」

考える間もなく即座に頭に浮かんだ物を答えた。

「母が作ったエビフライです」

9日目。ばあちゃんからの手紙を受け取った。

『お久しぶりです。あなたがいなくなって3週間が経ちます。いつも顔を合わせていたあなたがいなくなって寂しいです。今日はお彼岸なので、皆で墓参りに行ってきました。あなたの今いる場所からは東南の方角に墓があります。そちらに手を合わせて、反省の気持ちを念じてください』

手紙の返事を書いたあとで、言われた通り東南に向かって手を合わせた。

『すみません。もう二度と悪いことをしません。絶対にしません。お願いですから早くここから出してください』

心の底からの祈りだった。10日目。エルビンに連絡先の交換を持ちかけられた。紙とペンはなかったため頭で記憶する。11日目。1人部屋に移された。横になったら全くスペースがない程の狭さ。多人数でいたときの息苦しさからの解放と、1人きりになった孤独をいっぺんに感じた瞬間だった。

3日後。ここに来て2週間の時が経つ。

「今から出るから準備をしなさい」

突然の通告に戸惑いを隠せない。最初に4週間の拘留と聞かされていたが、2週間も早く出ることが決まった。急いで準備をして先生に案内されるがままについていくと、入口で母親が待っていた。

「まだ2週間残ってたよね?」

「裁判所の人からはこう言われたよ。異例のことだって」

祈りが届いたとうれしくなった。よくよく聞くと保護観察官に「食べたい物は何?」と聞かれて「母の作ったエビフライ」と答えたのが決め手になったようだ。保護観察官は、それを聞いて「この子はもう悪いことをしない」と思ったそうだ。母に連れられて鑑別所をあとにする。短いようで長い4週間。たったの4週間だが外に出てからの人生を変えるには充分すぎる4週間だった。

4週間ぶりの外の世界

外の世界はとても新鮮だった。行き交う車や道沿いに植えられている樹木。全てが旧友との再会のよう。以前とは歩き方が違う。いや歩く姿勢は変わらないが心の持ちようが違う。

駐車場に向かって一直線に歩く母。その後ろに付いてキョロキョロしながら歩く僕。父は車の中で待っていた。車に乗るなり謝ると父は何も言わずに頷いた。母は荷物の整理に手間取っている。早く乗ってほしい。気まずい沈黙。

運転が始まってからは母と僕の会話が弾んだ。話し相手がいない4週間を過ごしたことで、伝えたいことは山ほどある。狭い部屋に5人もいたこと。1週間に一度しか入浴時間が無かったこと。コアラのマーチが4日に一度しか支給されなかったこと。この話を聞いていた父は、ハンドルを切ってスーパーの駐車場に車を止めた。

「好きなやつ選んでいいぞ。何個でもいいからな」

店内に入ってコアラのマーチを前にした時は、子どもの頃に戻った気分だった。鑑別所では1箱を4日に分けて食べなければならなかったが、今からは一気に食べることができる。我慢できずに車に乗る前には袋を開けていた。残りの数を気にせずに食べるコアラのマーチやナッツ菓子は、ベラボウにうまかった。

徐々に家が近づいて得も言われぬ懐かしさを感じる。

『ただいま』——口には出さなかったが心の中で小さく呟いた。

玄関のドアを開けると祖母が立って待っていた。僕が言葉を発する前に祖母が口火を切る。

「おかえり。何も言わなくていいよ。お風呂に入ってらっしゃい」

用意していた言葉が浄化されていく。〝ごめんなさい〟〝もうしません〟〝ただいま〟どの言葉を言えばいいか、わからなかった。他にもいろんな言葉を喉に詰まらせていたが、祖母の言葉は清流のように自然と流れを軽やかにしてくれた。なんだろう。この感覚は。僕にはしなければならないことが、たくさんあるはずなのに。何のしがらみも感じない。

風呂場のドアを開けると、浴槽にはお湯が張ってあった。つい数日前まで浴槽に入る時間は長くても1分。少しでも長く入るために、体と頭を高速で洗っていた。今日は時間を気にする必要がない。そう考えるだけで、風呂場の床に腰をおろした瞬間に立てなくなった。ただ風呂場で時間を過ごせるのが幸せだった。

しばらくボーッとしてからシャワーのつまみをひねって、お湯を出す。お湯が体に染み渡っていく。

「あぁ」

思わず声が出た。頭から流れ落ちる水滴が心地良い。シャンプーに手を伸ばして、液を頭につけた途端に驚くほど良い匂いがした。最後に浴槽に浸かった時は「極楽、極楽」という言葉を世の中に広めたパイオニアは、鑑別所から出てきた人なのではないかと思うくらいだった。

風呂場から出てバスタオルで体を拭いていたら、フワフワの感触に頬ずりをせずにはいられない。バスタオルの横には新しい服が用意されている。こんなにも満たされていていいのだろうか。悪いことをしたのだから罰を受けて、つらい思いをしなければいけない。それなのに限りのない喜びを手にしてしまっている。ドアを開けてリビングに足を踏み入れると、テーブルには信じられないほど贅沢な料理が並んでいた。エビフライ、野菜スープ、白ご飯。全て僕が好きな食べ物だ。

家族は微笑んでいる。この家に入って感じた懐かしさや、思ったことを全て伝えた。父や母は純粋に経験したことのない話を聞いている、という反応。祖母だけは戦時中を思い出しているような様子だった。全員が席に着いて手を合わせた。

湯気が出ているご飯を見るだけで心は躍った。温かさと弾力は想像以上。続いて野菜スープ、エビフライを口にする。この瞬間を超えられる料理は、世界に存在しないと断言できる。おいしかった。本当においしかった。食事中の話題は勾留中の話になる。祖母に聞かれて、さまざまな苦悩を語った。

「そうか。もう戻らないようにしないとね」

優しさのなかに真に迫ったメッセージを感じて固く誓った。もう絶対に心配をかけるようなことはしない、と。食後はすぐに風呂場に行く祖母。仕事場に戻る父。食器洗いをする母。4週間前と何も変わっていない。極上のディナータイムを終えて、僕はテレビのある部屋に移った。これも以前とは変わらないパターンだ。母の皿洗いが終わるのを隣の部屋で待つ。

皿を洗い終えて隣に座った母に謝罪をした。少しだけ険しい表情になったが、溜め息をついて立ち上がる。

あとをついてくるように言われたわけではないが、立ち上がった母を見て部屋に案内してくれるのがわかった。導かれるように2階の自分の部屋へ行くと綺麗に片付いていた。

全てはここから始まった。この部屋で連絡を取り合って、悪巧みをして外で暴挙に出た。どことなく陰鬱な空気が少し残っている。母も掃除をしながら感じていたと思う。限りなく清らかな部屋に片付けられていたものの、僅かに染み付いた闇の深さを感じる。母は押し入れから毛布を出して僕に手渡した。それを受け取ってベッドの上に座った瞬間に体は沈み込んだ。あまりにもフカフカな布団に、吸い込まれるように横になって自然と瞼が下がる。

母がしゃべっているのはわかっていたが何も入ってこない。反応がないことを察してか電気を消して部屋から出て行った。翌朝、息切れを起こしながら目を覚ました。寝汗がヒドい。眠っていたら四方八方から壁が迫ってくるという夢を見た。

鑑別所での最後の4日間を2畳の部屋で過ごしたからか。トラウマが植え付けられているようだった。時間は朝の10時。この時間まで起こさずに寝かせてくれていたのか。喉が渇いて1階におりる。誰もいない。水を飲んで何気なくテーブルの上に目をやると携帯が置かれていた。そこに買い物から帰ってきた母が来て言う。

「昔の仲間と連絡を取り合ったらダメだよ」

電源を入れて履歴を遡ると、最初に着信があったのは三浦だった。3週間前だ。昔の仲間と連絡を取ってはいけない理由は、チームに戻らないようにするためだ。後輩なら大丈夫だと思った僕は、折り返し電話をかけた。

「久しぶりだな」

「お疲れさまです。いつ出てきたんですか?」

「昨日出てきたとこだよ」

「どうでした?」

「最悪だよ。留置所ではトイレの水も自分で流せねーしよ。お前はどうだった?」

結局、このあと1時間以上ずっとしゃべりっぱなしだった。誰とも話せない時間が長く続くと、人間はこうなるのだ。

「あと三浦。俺もうギャングイーグル辞めるから」

「え、何でですか?」

「もともと俺には向いてなかったんだよ。今は、さとしが頭やってるんだろ? アイツに言っといてくれ。引き続き頼んだって」

「そうですか。わかりました。残念です」

そして電話を切るタイミングで三浦はこう言った。

「今までお疲れさまでした。45さん」

45さん? ふざけているのか? あまりの衝撃に返事をするのも忘れて電話を切ってしまった。あいつは何で僕が『45』と呼ばれていたことを知っているんだ? 電話では話してないはずだ。番号の話は誰にもしてない。気のせいか? 結局この後も色んな人たちに『45』と呼ばれて、混乱を極めていた。

再び接近してきた田畑への恐怖

タケルの死やマヤの裏切りに対する心の傷は、少しずつ癒えようとしていた。本を読むようになったことがキッカケだ。安定剤も飲まなくなっていた。名前を失うという非現実的すぎる出来事は、受け入れられないのが当たり前。そんな思いとは裏腹に周りから病院に行くように言われれば、自分が間違っているような気になってくる。そんな時だった。

「あんた田畑っていう人、知ってる?」

「え!?」

「あんたが捕まってる間に家まで来て、弁護士を用意するって言ってくれた人なんだけどさ。反省して帰ってきたほうがいいと思ったから、お母さん断ったのよ。あの人には出てきたこと連絡した?」

「絶対に連絡しちゃダメだよ!」

母には全てを洗いざらい話した。あの風貌からは想像もつかない悪魔。そう聞かされても、最初は信じることができない様子だった。数日後。インターフォンが鳴って画面を見ると、玄関に立っていたのは田畑だった。母は僕に隠れるように言ってドアを開けた。

「あぁ、こんばんは！　そろそろ息子さん出てきた頃かなぁと思って、訪ねさせてもらったんですわ」

「せっかく来てもらったのに、すいませんね。息子はまだ戻れないみたいです」

「……そうですか。じゃあ戻った時には、必ず連絡をするように伝えといてもらえますか？　よろしくお願いします」

　そう言って田畑は去っていった。陰から2人のやり取りを見ていたが母の足は震えていた。前に来た時とは全く違う印象だったとのこと。恐ろしい目をしていたと言っている。昔の仲間とは連絡をとらないのを条件に携帯を返してもらったが、5代目ギャングイーグルの水島から気になるメールが届いていた。

『出てきたら教えてくれ。田畑を何とかしたい』

「おぉ、久しぶり。メール見たけど、どういうこと？」

「実はさ、お前が捕まってから俺たちに田畑から連絡があってさ。お前の知り合いって言うから俺らも心を開いたんだよ。俺なんか車あげるって言われて貰っちゃってさ。でも俺の知り合いの女の子が手を出されて、襲われたって言うんだよ。俺の親父の知り合いのヤクザに相談したんだけどさ、あの人だけには関わるなって言われちゃったんだよ」

　僕のせいだ。僕があんなやつと関わったばかりに、周りを巻き込んでしまっている。この状況を何とかするために、ギャング時代に世話になった警官の清水さんに連絡をしたら、話を聞くために家まで来てくれることになった。水島にも同席をしてもらうため家に呼んだ。先に着いたのは水島のほうだった。

「これが田畑から貰った車か」

「そうなんだけどさ。ここに来る途中で、車検証がないかどうか調べたらあったんだけど見てくれよ。名前が谷口になってるんだよ」

とことん付け入る隙がない。一体あいつは何者なんだ？　もはや田畑ですらない可能性が高い。そうこうしているうちに、清水さんが到着した。田畑が僕に近づいた理由。水島との間で起きたこと。全てを話して情報を共有した。

「その襲われた子は被害届け出したの？」

「いや怖くて出せないって言ってます。その子は田畑の家にいて、自由に身動きがとれないんです」

今のところ僕たちは何もされていない。被害を受けた女の子が被害届けを出せない今、どうすることもできないと言う。結局この日は解決策を見出せないまま話し合いは中断。

田畑に関するメールは他にも届いていた。

『田畑ってやつに、お前のことといろいろと聞かれたけど知らねーって言っといたぞ』

大志からだ。大志はたまたま田畑と住んでいるマンションが同じだった。そのことを母に話して、今日は床につこうと寝室に向かっていた時。何やらリビングが騒がしい。母が父を必死に止めている。何があったのかを聞くとナタを持った父が、田畑のマンションに乗り込もうとしていたのだ。何とか止めることはできたが、寝ている間に動き出してしまうかもしれない。僕を守るために父が人殺しになるなんて耐えられない。そうだ。留置所で僕の取り調べを担当した尾上さんが、何かあったら連絡をするようにと名刺をくれていた。わらにもすがる思いで名刺に書いてある番号に電話をすると、尾上さんは一目散に駆けつけてくれた。

「お父さん。とりあえず落ち着いてください」

「いや息子の早とちりですよ。僕は何もしようとしてませんから」

「とにかく今回の件は私に任せてください」

アイツは誰にも止められない。尾上さんには、父を止めてもらえただけで感謝をしていた。数日後。どれほどの尽力してくれたかわからない。尾上さんからの電話を受けて、喜びと同時に絶対に関わってはいけない相手と出会っていたことがわかった。

「今日、田畑が頭を丸めて自首しに来たよ。捕まえてくれって。その代わり、出所した後にキミたちに何かあったら刑事さんの責任ですよ。って俺を脅してきやがったんだ。だから言ったよ。俺はお前を逮捕しない。その代わりアイツ等には二度と近づくなって。一瞬でも姿を現したら容赦しないってな。そしたら帰ってったよ」

この時を境に田畑が僕たちの前に姿を現すことはなくなった。本当なら襲われた女の子のためにも法によって裁かれてほしかったが、あのモンスターが目の前からいなくなっただけでも御の字だ。

尾上刑事は言った。アイツは只者じゃないと。

自分が置かれている立場を察してからの、行動の早さが半端じゃないらしい。長年警察の世界に身を置いてきた尾上さんの言うことだ。間違いはない。この一件でわかったことがある。いくら地元最大の規模を持つギャングチームのリーダーになろうが所詮は井の中の蛙。世の中は広い。今となっては何のために必死になって、リーダーの座に就いたのかわからない。

この後だ。野口徹朗と出会ったのは。彼に言われて今までの自分を振り返ってみたが、波瀾万丈な人生だった。そう思って一息ついていると、野口から電話がかかってきた。

「どうでした?過去を振り返ってみて、何かわかりましたか?」

「ドンピシャのタイミングだな。本当あんたは不思議だよ。ぶっちゃけ名前は失ったままでも良いと思ってる。別に特に不自由はしないしね。でも今のままじゃダメだとは思ってるよ」

「そうですか。では現状を変えるために、何かしようと思っていることはあるんですか?」

「まあ実は過去を振り返って、自分が今一番したいことは何かわかったんだよね」

「というと?」

「お笑いだよ。俺はずっと芸人になりたいと思ってた。たぶん道を逸れたのも、型破りな人間になりたいと思ってたからっていうのもあると思うんだよね」

「わかりました。その選択が正しかったかどうかは、いつの日か知ることになると思います」

今までは恥ずかしくて言い出せなかった。強くて悪い男がカッコ良いと思っていた。今は面白い人間になることがカッコ良いことだとハッキリ明言できる。ずっと虚勢を張って生きてきたが、今後は自分に正直に生きることを心に誓った。

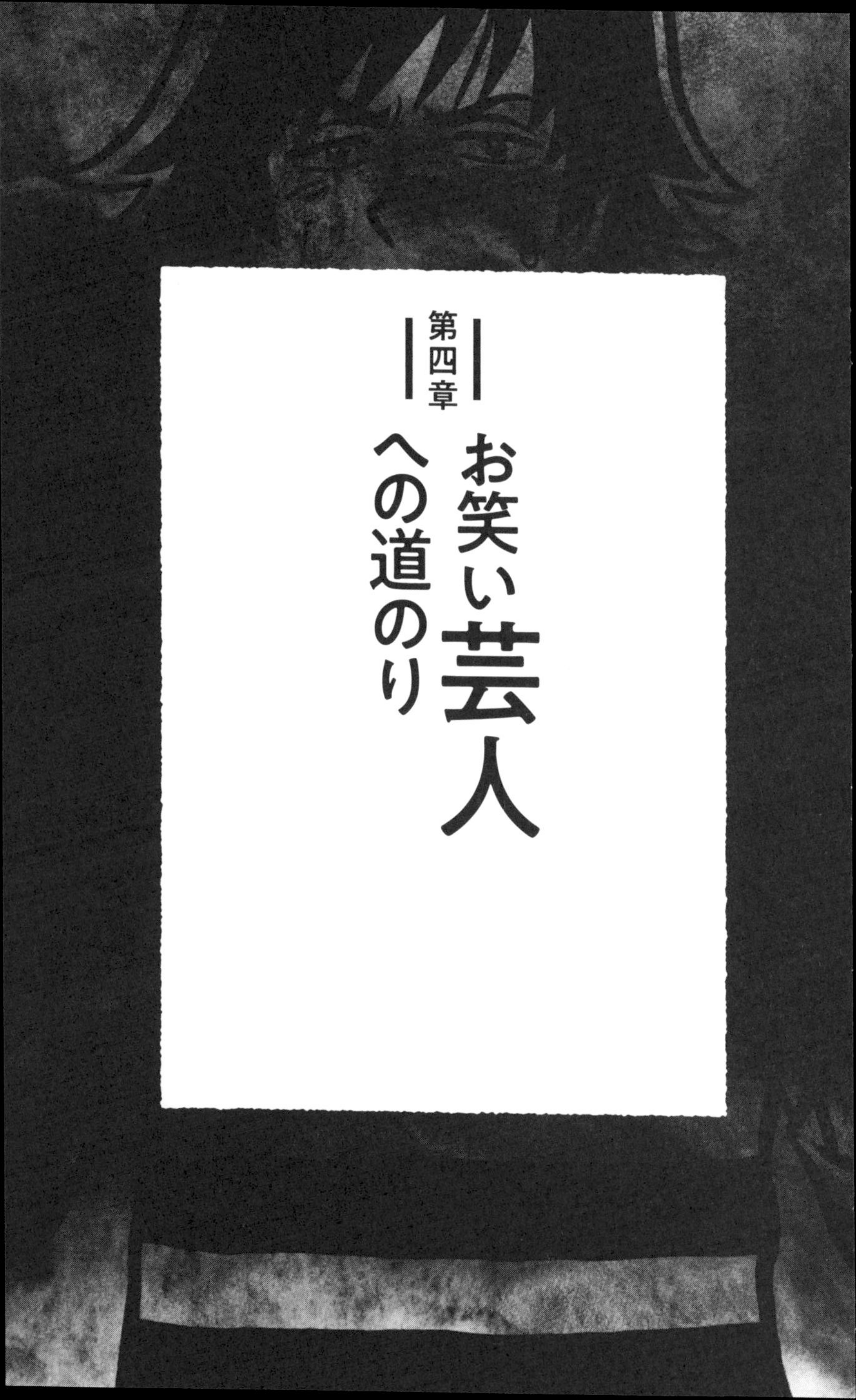

第四章
お笑い芸人への道のり

親友・高崎とコンビ結成

まずはバイトを探さなければいけない。見つけたのは近所のスーパー。休みの日は地元でやっているお笑いライブを探した。いくつか見つかったのはいいが、何から始めればいいのかがわからない。ネタは小学生の頃に漫才を作ったことがある。漫才をするには相方が必要だ。と、そこに1本の電話がかかってきた。電話の相手は高崎だった。

高崎は鑑別所での態度が原因で少年院に入っていたようだ。話すのは1年ぶり。

僕たちは中学3年生の夏に、2人でお笑いトーナメントに出場したことがある。自分たちのことを天才だと信じ切って、手ぶらで会場に乗り込んだ。練習なし、台本なし、覚悟なし。あったのは過剰な自信だけ。

頭が真っ白になって唇が震えだすまでは、舞台の厳しさがわからなかった。学校の友達を笑わせることはできても、他人を笑わせることは全くの別物だということを思い知った。ともかく過去の失敗を活かして、次こそは本気でプロの世界を目指したい。

「これから何するか考えてる?」

「まだ出てきたばっかりだからなぁ。何も考えてないよ」

「一緒に芸人にならねーか？」

「え？　芸人？」

「昔、お笑いのトーナメントに出た時のこと覚えてるか？」

「あぁ～、中3の夏だろ？　あれは悲惨だったよな」

「まあな。でも楽しかっただろ？　他にやりたいことがあるならダメだけど。何もないなら次こそは遊びじゃなくて、本気でやらねーか？」

「他にやることもねーし。やってみるか」

意外な反応だった。当時は舞台で地獄のような苦しみを味わって、相当ヘコんでいたことから断られると思っていた。もう吹っ切れているのか。とにかく善は急げ。すぐにファミレスで話をするために集まった。

「おう、高崎！　久しぶり！」

「なんでやねん！　俺は68や」

ん？　高崎は自分のことを68だと思っている。確か番号で呼ばれている自覚がない者は、善悪のバランスが悪に傾いているから、とエルビンは言っていた。まぁいい。そんなことよりも気になることがある。

「なぁ。お前、お笑いのスイッチ入れてきたろ?」

「なんでやねん」

「それだよ。俺たちは関西人じゃないんだから。〝なんでやねん〟って言わねーじゃん」

「……」

しまった。ちょっと言い方がキツくなってしまったか。今やる気を削がれてしまっては困る。僕の役目は高崎のモチベーションを上げることだ。

「ボケとツッコミどっちやりたい?」

「別に俺はどっちがいいとかないよ」

関西弁じゃなくなった。

「そうか。どっちをやるにしても違和感のない演技力が必要だから、自分を知ることから始めないとな」

「ん〜……なんか難しいなぁ」

「ま、まあ、そうだな。いきなり難しい話しても面白くないよな。よし。じゃあ今日はパーッとやろう」

このあとネットで近くのライブ会場を見つけて、主催者に連絡をした。ライブは1ヶ月後。それまでは完璧に練習をして、最善の状態で舞台に……臨みたかったが何かと理由をつけて高崎は練習を拒んだ。不本意ではあったが、即興で舞台に立つことにした。

初舞台で大ウケもまさかの解散……

ここには、いろんな先輩たちがいた。暗い先輩、明るい先輩、イケメンなのに上半身裸になって、頭におっぱいの被り物をかぶった先輩。それが、〝まさやん〟だ。まさやんは、歯に海苔をつけていた。お歯黒に見えるようにするためだ。

「まさやんさん、出番です」

「うぃ」

トップバッターで挨拶をする時間がなくて、出番終わりに挨拶をするため待っていた。まさやんが戻ってきて後を付いていくと、着替えもせずに楽屋の隅で座っていた。元気がない。お腹を抱えてうずくまっている。

「どうしたんですか？」

「お腹痛くてさ」

「なんか食べたんですか？」

「うん。たぶん海苔。さっき歯に付けてたやつあるじゃん？　あれ賞味期限が切れたやつを使ってんのよ。ゴミ箱がなかったから、食べたら調子悪いんだよね」

おかげで緊張感がほぐれた。高崎も笑っている。そうこうしているうちに自分たちの出番が回ってきた。

「どうも～」

「同級生です」

コンビ名も決まっていない状態で、咄嗟に思いついた『同級生』という名前で舞台に立った。やっつけ感満載。こんな状態でうまくいくのだろうか。

「いや～、しかしうれしいですね～。こうやって話を聞いてもらえる場があるっていうのは」

そう言って高崎を見ても話し出す雰囲気はない。仕方なく自分から話し始めることにした。まずは自己紹介から。

「僕たちは小学校からの幼なじみで僕が福田健悟、こっちが高崎昇です」

「なんでだよ！　俺は68だろ！」

しまった。いつもの癖で名前で呼んでしまった。

「いや違うよ！　お前は高崎だろ！　警察に捕まって変わっただけじゃん」

「言うなよ！」

クスクスと客席から笑い声が聞こえる。

「俺は寂しいよ！　高崎」

「だから違うって言ってんだろ！」

「小学校からの親友が自分の名前を忘れたら悲しいだろ！」

「小学校からの親友に名前を間違えられるほうが悲しいわ！」

さらに大きな笑いが起きた。

「目を覚ませ！」

「お前だよ！」

「お前がなんで自分の名前を忘れたか教えてやろうか！」

「忘れてねーけどな！　忘れられてるほうだ、俺は」

「お前が自分の名前を忘れたのはな、お前が人間の心を忘れたからなんだよ！」

「……うまいこと言ったみたいな顔してんじゃねーよ」


この日の出演者のなかで、僕たちは一番の笑いを取って舞台をおりた。舞台袖にいた先輩たちは、自分のことのように喜んでくれている。ライブ終了後。お客さんもいなくなって挨拶をして帰ろうとすると、主催者の1人に呼び止められた。

「いや～良かったよ」

「ありがとうございます」

「ウケてたねぇ」

「めちゃくちゃ緊張しました」

「本当？　全然そんなふうに見えなかったよ。また次回も出てもらえる？」

「もちろんです」

　うれしかった。誰かに認めてもらえるのは久しぶりだった。喜びに浸って立ち尽くしていると高崎に声をかけられた。表情は曇っている。どうしたんだろう？　いざなわれるようにして外に出た。

「やめろよ」

「え？」

「捕まったとか言うなよ」

「ウケたからいいだろ」

「そういう問題じゃねーよ！　お前はそれで良くても、俺は良くねーんだよ」

「何言ってんだ！　お前が打ち合わせの時にちゃんとやらなかったのが悪いんだろ！」

「うるせーな！」

「なんだコラ！」

昔の高崎は笑いのためならなんでもしていた。理解をしてもらえなかったイライラよりも、笑いに対する姿勢が変わってしまったことに対する失望のほうが大きかった。家に帰ると母にこう呼ばれた。

「45、ご飯食べたの？」

番号で呼ばれたということは僕が悪いのか？　更生をすると誓ってからは、基本的に名前で呼ばれることが多かった。何を間違えたんだ？　高崎と言い合いをしたことしか思い当たらない。今回に関しては自分が間違ったことを言ったとは思えない。結局このあと高崎とは音信不通になった。こんなんだからアイツは自分が番号で呼ばれていることすらわかってないんだ。主催者側にはなんて説明をしたらいいんだ。せっかく期待をしてくれていたのに裏切る結果になってしまった。他の相手を探さないといけない。

新コンビ結成も長くは続かず……

そう思っていた時に斎藤くんから連絡があった。彼はギャングイーグルの3代目だったが、引退後はチームとの関係を断っていたから電話を取ることにした。

「最近お笑いやってるらしいじゃん」

「そうなんですよ」

「俺もやりたいなぁって思ってるんだけどさ」

「え!? やりましょうよ! ちょうどコンビ解散したとこなんですよ」

こうして僕たちはコンビを組むことになった。コンビ名は『ニューファンドランド』。主催者側には相方が替わったことを報告してライブに出させてもらった。斎藤くんは高崎とは違って練習にも一生懸命で、台本を覚えるスピードも早かった。その甲斐あって初舞台は大成功。それから毎月ライブに出させてもらった。

4回目のライブで見に来ていた事務所関係者の目に留まって、名古屋のお笑い事務所に所属。今まで通りのライブに加えて、事務所ライブにも出させてもらった。

他にもオーディションや仕事の話をもらって、年末には富士急ハイランドで漫才をする機会が与えられた。フリーパスを貰って、出番が来るまでは乗り物やアトラクションで遊ぶことになる。

富士急ハイランドと言えばオバケ屋敷。本当にあった病院で、今は廃病院と化している建物をオバケ屋敷として使っている。所要時間は50分。日本一長いオバケ屋敷と言われている。最初にいくつか説明をされたが、興奮のあまり聞いていなかった。いざなかに入ると思っていたより怖くない。

中盤あたりの廊下に差し掛かった時に状況は一変。その廊下は長さ約50メートルで、幅は成人男性2人がギリギリ通れるくらい。両サイドにある約20枚の扉は、今にも何かが飛び出してきそうな勢いでバタバタ音を立てて開閉している。まともな神経では通れない。僕たちは両サイドにあるドアノブを掴んで、オバケが出てこないようにして走り抜けた。後ろからはオバケが追いかけてくる。

「逃げろー!」

「待てー!」

「逃げろー!」

「ちょっと!」

「うわー!」

「ちょっと! 話があるんで止まってください」

気づいた時には普通にオバケとしゃべっていた。

「最初に言いましたよね? ドアノブは掴まないでくださいって。ルールを守れないなら出て行ってくださいよ」


結局このオバケ屋敷で一番怖かったのは、真剣にオバケに怒られたこの瞬間だった。このあとは、なんとか許してもらって最後まで進むことができた。この頃は楽しかった。2人とも仲が良くてライブの反応も良かったが、調子が良かったのはここまで。これ以降のライブでは全て結果を残せず、コンビ間にも軋轢が生まれ始めた。

「だから違うって！　もっと感情を入れろよ！　ツッコミなんだから」

「そんなに言うなら45がやれよ」

「じゃあボケできるのか？　できねーだろ！」

「はぁ？　なんだよ。その言い方」

「それだよ！　今みたいにネタの時も感情を入れろよ！」

歯痒かった。真剣にやっているからこそ腹が立った。番号で呼ばれたのも納得がいかない。手を抜けば良かったのか？　そんなことできるはずがない。2度目の解散。これがキッカケで所属事務所もやめることになった。

バイト先で人間関係の作り方を学ぶ

このままでは芸人としての力ではなく、コミュニケーション能力の欠落が原因で夢を断念することになる。ネタ作りに困ることはなかったが、相方との関係性作りには頭を悩ませた。自分が悪いとは思えないが、人間関係を円滑にする方法を学ぶ必要はある。

幸か不幸か僕にはわかりやすい指針がある。『45』と呼ばれた時は、人間関係で失敗をした時。『福田健悟』と呼ばれた時は、人間関係で成功をした時だ。

早速バイト先で試してみることにした。僕はスーパーの青果部門で働いている。開店前には広告に掲載された商品を準備する。この日はカボチャが目玉商品だった。準備が終わってカボチャコーナーの前で売り込みをスタート。

「いらっしゃい、いらっしゃい！　本日はカボチャがオススメでーす！　どうぞー！」

「お兄さん！　私みたいなカボチャちょうだい」

ふと目をやると声の先には大柄な女性が立っていた。私みたいなカボチャということは大きなカボチャ？　でも大きなカボチャを渡したら、僕の認識が彼女を大きな人だと言っているようなもの。

2択だ。Aは【大きなカボチャを渡す】。Bは【小さなカボチャを渡す】。

Aを選んだ場合は彼女を傷つける可能性がある。Bを選んだ場合は同じ値段で小さいほうを渡されたことに憤りを感じる場合がある。ダメだ。考えても答えは出ない。半ば諦めの気持ちで小さいカボチャを手渡した。

「ハハハ、上手ねぇ。お兄ちゃん！　でも私はコッチのカボチャ貰ってくわね」

この選択は正しかったのだろうか。笑っていたが心中は穏やかじゃなかった可能性もある。誰かに名前を呼んでもらわなければ、わからない。そうだ。制服についている名札を見ればいいんだ。

名札の名前は……『福田健悟』。セーフ。第1関門クリアだ。

なんだろう。変に肩に力が入っている。今のは正解も間違いもないような気がする。もう少し楽に考えよう。カボチャは一玉で売っているものだけでなく、半分にカットされたカボチャも量り売りされている。僕は品出し担当だったため、作業をしているパートさんに必要なカボチャの数を伝えた。その時に1人のパートさんが切ったカボチャを落として、そのままラップにくるんでいるのを目撃した。

「それ落としたやつ、ラップしたらダメじゃん」

「え、落としてないよ」

「いや見てたから！　それは捨てないと」

「ふぅん。落としてないんだけどなぁ」

「嘘ついてるじゃん！　怒られるのが怖くて嘘ついてるでしょ?」

パートさんは渋々カボチャをゴミ箱に捨てた。未然に悪事を防いだ。でも名札の名前は『45』になっていた。そんな馬鹿な。落としたカボチャをそのまま出して、食べた人が腹痛を起こしたほうが良かったのか？　そんなはずはない。納得のいかないままバイトを終えて家に帰る。

翌日。あれだけ昨日は正義感を振りかざしておいて遅刻をしてしまう。事前に連絡を入れて急いで向かった。5分ほど遅れて到着。

「すいませんでした！」

「あーあ。やっちゃったねぇ。福ちゃん」

あれ？　名前で呼ばれた。昨日は良いことをしたと思ったら番号で呼ばれて、今日は悪いことをしたと思ったら名前で呼ばれている。これはこれで混乱する。

「じゃあ罰としてジャイアントカプリコ買って」

助かった。ジャイアントカプリコで許してもらえるなら安いもんだ。そんなことより早く準備をしないとダメだ。遅刻を取り返すつもりで必死に働いた。昼休憩の時間になって休憩室に向かっていると、後ろからチーフに声をかけられた。

「福ちゃーん。ジャイアントカプリコ買いに行こ」

冗談じゃなかったのか。遅刻を許すための口実かと思っていたが、本当にジャイアントカプリコを買うことになった。

チーフの池本さんは個性的な人。パートやアルバイトに指示を出すのは、池本さんの下についている川田くんという社員だ。この人は真面目な人だが声が小さすぎて、何を言っているかわからない。聞き返すと機嫌が悪くなる。僕も含めてパートさんたちも不満を抱いていた。

「ねぇ、ねぇ。福ちゃん。川田くんのこと好き?」

池本さんに聞かれた。

「嫌い?」

「そんな……めちゃめちゃストレートに聞くじゃないですか」

「嫌い?」

「まぁ……そうですね」

そこにたまたま川田くんが通りがかった。池本さんは驚くべき行動に出る。

「川田くん! 福ちゃんが川田くんのこと嫌いなんだって」

「な、何言ってるんですか! そんなわけないじゃないですか!」

「え〜、さっき言ってたじゃん」

「言ってないです、言ってないです」

なんなんだ。この人は。仲間割れをさせようとしているのか? そんなことをして誰が得をするんだ? むしろ自分の使っている部下の足並みが揃わなくなったら、一番困るのは彼自身だ。

川田くんが去ったあとで、池本さんと2人になった時に苦言を呈した。

「ダメじゃないですか。言ったら」

「え〜、だって本当のことじゃん」

どんな言い訳だ。それなら仕方がないとでもなると思ったのだろうか。本当のことでも言って良いことと悪いことがあるはずだ。この状況を見ていたパートさんが声をかけてくれた。

「大丈夫だった？　さっき池本さんに川田くんのことバラされてたけど」

「あれはヒドいですよね。なんのためにバラしたんですかね」

「わかんないね。でも大丈夫でしょ。45は可愛がられてるから」

人間関係を学ぶために、自分なりに正しいと思う行動を心がけていたが心は折れかけていた。今『45』と呼ばれたのは、川田くんの悪口を言ったからか？　いや違う。川田くんの悪口を言った直後は名前で呼ばれていた。あれから今この瞬間までに起きた出来事はなんだ？　先輩の池本さんを注意したことが良くなかったのか？　間違っているのは池本さんだ。告げ口をすることは正しい行為ではない。

肩を落としながらタイムカードを押して、帰りの駐車場に向かっていると後ろから声をかけられた。

「お疲れさまです」

「あぁ、ビックリした。誰かと思ったら野口さんか」

「お久しぶりです。どうですか？　お笑い芸人さんの仕事は大変ですか？」

「芸人としての仕事は何もしてないよ。それより、どうなってんの？　正しいことをした時は名前で呼ばれるんだよね？　落としたカボチャを売り場に出そうとした人を注意したら、番号で呼ばれるって意味がわかんないよ」

「変わりましたね」

「え？」

「ん～実に良い兆候だ。昔のあなただったら犯罪は悪。ボランティアは善。これくらい大まかな判断しかしていなかった。でも今は違う。人に対する注意の仕方が良かったのか悪かったのかを考えています」

「……馬鹿にしてる？」

「いえいえ、とんでもない。あなたの成長がうれしいんですよ」

「でも別に俺は名前を取り戻したいわけじゃない。ただ人間関係でつまずいて、芸人を諦めるのは嫌なだけだよ」

「人間関係は一番の難関です。そう簡単には答えは出ません。もう少し頑張ってみてください」

　そう言って野口は去って行った。結局はっきりとした答えは得られなかったが、話してみて思ったことがある。話す前までは別のバイトに変えようかとも思っていたが、野口の言う通り人間関係は簡単なものではない。

そう考えれば、今すぐに結論を出す必要はないと考えを改めた。もう少し続けて様子を見てみよう。この選択は間違っていなかった。ここで働き続けるなかで、今まで理不尽に番号で呼ばれていると思っていた状況に答えがあるとわかった。

このあとも池本チーフは、他の人から聞いた陰口を本人の前で言いふらした。そんなことが続いていくうちに、池本さんに対する信用を失くした従業員たちは、誰も彼の目の前で陰口を言わなくなった。

野菜売り場のチーフということもあって、休みの日以外は常に現場にいる。鬱憤を晴らす場がない従業員たちはストレスが溜まっていった。川田くんの人柄も変わらない。我慢の限界だった。

「川田さん。もうちょっと大きい声で話してくださいよ」

「え？　言ってるでしょ」

「聞こえないんですよ！　聞き返したら嫌な顔するし」

「……ごめん」

「声が小さいのはまだいいとしても、なんで聞き返したらムスッとするんですか？」

「実は……昔から声が小さいって言われて、コンプレックスだったんだ。いきなり大きい声は出せないかもしれないけど、聞き返された時に嫌な顔をするのだけはやめるよ」

この話をしてから川田くんは変わった。最初は相変わらず小声だったが、徐々に大きくなっていった。こうして何か問題が起きた時は陰口を言うのではなく、本人同士で話し合って解決をするようになった。こうなることを池本さんは計算していたのだろうか。

「お〜池本ちゃん！　どうよ？　調子は」

店長がコミュニケーションを取ろうとしている。池本さんは書類の整理中。後ろで2人のやり取りを黙って見ていると……。

「最近あんまり売れなくなってきたよなぁ」

「……」

「どうしたら売れるかなぁ」

「……」

「そろそろ暑くなってきたから商品も……」

「ごめん。店長。邪魔だわ」

店長は背中を丸めて去っていった。相変わらずのストレートな物言いだ。これも計算？　そうは見えない。やっぱり池本さんは言いたいことを言っているだけなのかもしれない。そう思ったが1つだけわかったことがある。この人は相手の立場に関係なくハッキリと物を言う。

下の立場だろうと上の立場だろうと関係ない。しかも出世頭だ。人を見てコロコロ態度を変えることさえしなければ何を言ってもいいのだろうか。それなら昔の自分も同じだった。納得がいかなければバイト先の上司に食ってかかっていた。

唯一の違いといえば言い方くらい。池本さんの言い方は単刀直入ではあるが、落ち着きも兼ね備えている。過去の僕は声を荒げたり攻撃的な物言いだった。これからは言い方に気をつけよう。

「今までありがとうございました」

店長と池本さんが他の店に移動することになった。池本さんには世話になった。ご飯に連れて行ってもらったのも1回や2回ではない。その時に本心を探ろうと質問攻めにしたことがある。あれほど率直に物が言えるのはナゼなのか。全ては計算していたのか。

「そんなことあったっけ?」

照れ隠しなのか本心なのかはわからなかったが、受け流されてしまったのは事実だ。最後にみんなで送別会をして感謝の気持ちを伝えた。青果部門のチーフには川田くんが昇進。店長は新しい人に代わった。

新店長との喧嘩

新しい店長と挨拶がてら話すと、本が好きだということがわかった。共通の趣味を持っていたこともあって馬が合う。一番好きな本も同じ。内容は思いやりを持つ大切さや、悪口や不満を言わない大切さなどが書かれていた。上の立場の人が本に書かれていることを実践したら、素晴らしい店になると期待をしていた。

この期待はいとも簡単に崩れ去ることになる。2～3ヶ月経つと、最初とは違って傲慢さが目立つようになった。自分に逆らう者は徹底的に排除して、アゴで人を使ってふんぞり返る。その姿勢は僕にも向けられた。

「おい、福田。雪かきしてこい」

雪かきが必要なのはわかるが、自分は事務所の椅子に座ってタバコを吸っているだけ。たまに様子を見に来ては文句を言う。傘もささないように言われて、全身ビチャビチャになりながら雪かきを終えた。

「よし。次はトイレ掃除やってこい」

イライラはピークに達していたが、今キレてしまっては過去の自分と変わらない。歯を食いしばりながらトイレ掃除をした。そのあとは倉庫の整理。僕が雑用をやっているあいだに、野菜売り場がてんてこ舞いになってもおかまいなし。百歩譲って誰かがフォローに入ればいいが、誰もフォローに入れない。

こんな扱いを受けていたのは僕だけではない。店中の従業員が納得していなかった。怒りのやり場がなく誰もいない所まで行って、ダンボールを床に投げつけた。そこに運悪く店長が通りがかった。

「なんだ！　その態度は!!」

「お言葉ですけど、本の内容とは全く違う生き方じゃないですか？」

「あぁ？」

「あの本には綺麗な言葉を使うことが大切って書いてましたよ。でも店長は裏で人の悪口ばっかり言ってるじゃないですか」

「オイ、誰に向かって口を利いてんだ」

「店長ですよ。店長が売場で〝いらっしゃいませ〟も言わないのは、なんでなんですか？　偉い人なのは知ってますけど、一番偉いのはお客さんですよね？」

「お前にそんなこと言われたくねーんだよ」

「ここは僕の地元のスーパーなんですよ。お客さんの不満の声は嫌でも聞こえてくるんですよ」

「うるせーよ」

「わかりました。じゃあ今から売り場に行って、お客さんにそう伝えてきます」

僕は走って売り場に向かった。後ろから追いかけてくる音が聞こえる。バックヤードの扉まであと少し。このタイミングで店長は僕を呼び止めた。

「待て。俺とお前は言い合いをした。でも考えてくれ。こうしている今も地球は回っている。今日のことは白紙にしよう」

かなり強引な申し出だとは思ったが、立場のある人をこれ以上やり込めても仕方がないと思って承諾をした。

店長が事務所に戻ったあとで、全てを見ていたパートさんが心配そうに声をかけてくれた。

「大丈夫だった？　福ちゃん。さっき言い合いしてたみたいだけど」

池本さんから教わったことが、正しかったと証明された瞬間だった。名前で呼ばれたということは、意見を言うことが決して間違ったことではないということだ。大切なのは言い方。これで今までの相方と言い合いになったり、カボチャを落としたパートさんを怒った時に番号で呼ばれた理由がハッキリした。どれだけ正しいことを言っても、言い方次第で正当性が失われる可能性もあるということだ。

帰りの道すがら目の前に財布が落ちているのを発見した。拾って交番に届けると……。

「おかえり、健悟」

良いことをすれば名前で呼ばれる。何も不思議なことではない。思い返すと前に現金3000円が入った財布を届けた時は、名前は戻らなかった。今回は中身を確認しなかったが多額だったのだろうか。

ここで1つ気づいたことがある。以前の僕は交番に届けるか否かを、金額次第で決めようとしていたのかもしれない。そうじゃなかったら中身を確認しなかったはず。今までのことを振り返ると謎が解けていく。

名前を失うキッカケになるルールが、曖昧すぎると思っていたが違った。このルールは見事なタペストリーの上で成り立っているのだ。

このことがわかってからは『45』と呼ばれることもなくなっていた。バイト歴は5年目に突入。人間関係を学ぶためバイトに力を入れたのは正解だった。今ならコンビを組んでも相方との関係性作りは上手くいく自信がある。

東京行きを決意

そんなことを考えながら休日をのんびり過ごしていると、テレビでジーパンの安売りをしているCMが流れた。売り切れてしまうかもしれない。急いでショッピングモールに行ったらラスト1着が残っていた。ギリギリセーフ。迷わず手を出すと同時に別の人の腕が、にゅっと出てきた。その正体は……。野口徹朗だった。ニヤニヤしている。本気で欲しがっているわけではなさそうだ。ひとまず商品を購入してから、近くのカフェで話すことにした。

「あんた独特な登場するの好きだよな」

「段々レパートリーがなくなってきました」

「いや、いいんだよ。そこは頑張るとこじゃないから。で、何？　今日は突然どうしたの？」

「東京に行けばいいんじゃないですか？」

「いや突然だな。しかも何だよ、その言い方。行けばいいんじゃないですかって」

「福田さんが東京に行ってくれれば、担当者として私も東京に行けるんですよ」

「自分のためじゃん！」

「それは冗談として、さっき私が本気で手を伸ばしていたら福田さんはジーパンを買えてませんでしたよね？」

「うん、まあ。そうかもしんないけど、何？　それが東京行きと何の関係があんの？」

「チャンスはいつまでも待ってくれないってことですよ。特に芸人さんの世界は競争率が激しい」

「ん～確かに、俺も考えたことはあるんだよ。もう歳も歳だし、東京に行って挑戦してみようかなって。でも1つだけ問題があってさ……」

「何ですか？」

「金がないんだよ。もう5年もバイトを続けてるのに全く貯金がないんだよ。なんでだろうなぁ。すぐなくなっちゃうんだよ」

「大丈夫ですよ。あなたは目的のためなら頑張れる人ですから。では私は次がありますので」


そう言ってテーブルにお金を置いて彼は店を出た。次があるということは、僕以外にも担当している元犯罪者がいるのか。それとも他に仕事があるのか。給料は一体いくら……。いけない、いけない。今はそんなことを気にしている場合じゃない。これからのことを考えなくては。

まずは給料が入ったら、入った分だけ使い切る習慣を変えないといけない。今日からは節約生活だ。よし。決意を新たに立ち上がって会計を済ませようとすると、１００円が1枚足りていなかった。野口が飲んだコーヒーの値段は350円。手元にあるのは250円。クソ。やられた。この借りは必ず返してもらう。

翌日。バイト先に行ってシフトを週4日から週5日に、増やしてもらうように頼んだ。果たして、うまくいくだろうか。そんな懸念は徒労に終わって、自然と余計な出費はなくなった。生活費を稼ぐためのバイトが、夢を叶えるためのバイトに変わったからだ。

『目的のためなら頑張れる』

野口徹朗の言う通りだった。貯金額が多くなるにつれて、夢に一歩ずつ近づいている感覚で働いていて楽しかった。10代の頃にバイト先をコロコロ変えていた自分とは思えない。3ヶ月で10万円の貯金をすることに成功した。

ネットで探したら部屋を借りる時の初期費用が不要な物件も見つかった。業者に頼まなければ引っ越し代もかからない。必要なのはレンタカー代と高速料金だけ。もう少し貯金をしたほうが気持ち的には楽だったが、湧き上がる衝動は抑えられなかった。

「突然だけど東京に行こうと思ってるんだ」

「え？　急にどうしたの？」

「今まで迷惑かけてきたけど、自立したいし30歳手前で最後の挑戦をしたいからさ」

母は納得してくれた。父や祖母、姉たちも背中を押してくれた。好き勝手に生きてきた人生だ。

見守り続けてくれた家族の承諾なしには走り出せない。バイト先にも辞めることを伝えなければいけない。

自分が辞めることで、人手不足になるのは心苦しいが言うしかない。意を決して休憩中に伝えると、快く受け入れてくれた。

「寂しいけど応援してるぞ」

5年間ずっと苦楽を共にしてきたバイト仲間たちは温かく見送ってくれた。これまでの日々を振り返るかのように働いて、長年のバイト生活にピリオドを打った。

上京前日。友達が送別会を開いてくれた。

「次はいつ会えるかわかんないけど元気でな」

いつも馬鹿話ばかりしている彼らの、真剣な語り口調に涙腺が緩んだ。

時計を見たら23時だった。出発は明日の朝4時。居眠り運転をしないためにも、早く寝ないといけない。友人たちに別れを告げて家に帰ると、遅い時間帯なのにもかかわらず父と祖母は起きていた。明日の朝は2人が寝ている時間に家を出る。

出発前に最後の挨拶をした。祖母は80歳。父と母も還暦を過ぎている。ひょっとしたら生きているうちに成功をするのは無理かもしれない。それだけが気がかりだった。祖母は昨日まで泣いていたが今日は笑っている。最後は笑顔で見送ろうという気持ちが痛いほど伝わった。

翌朝。母は朝ご飯の準備をするために起きて、車中で食べるための弁当も作ってくれた。

「気をつけてね。着いたら連絡するんだよ」

こうして27年間暮らした街をあとにした。意気揚々と車を走らせたが、数十メートル進んだところでハッとした。飲み物がない。高速に乗ってからだと、買うタイミングを逃してしまう。近くのコンビニに入って目当ての商品を物色していると、見覚えのある背中が目に入った。その背中の正体は、数時間前に別れの挨拶を交わした地元の友達だった。

「次はいつ会えるかわかんないけど元気でな」

そう言った数時間後に再会。涙ながらの別れだっただけに気まずかった。気づいていないフリをするわけにはいかない。お互い苦笑いをしながら、2度目の別れの挨拶を交わした。

今度こそ東京へとハンドルを切る時がきた。運転をしながら、いろんな感情があふれ出す。30歳手前で最後のチャレンジをして、失敗をしたら就職は困難。一生アルバイトをして生きていくか、芸人として大成するか。独り暮らしに失敗して野垂れ死に、なんてこともないとは言い切れない。初めての独り暮らしで先行きは不透明。生きるか死ぬか。人生を賭けたギャンブルだ。

そんなことを考えながら高速道路を走っていると、突如として大雨が降ってきた。全く視界がきかない。ワイパーを使っても歯が立たない。もう死ぬのか？　あまりにも早すぎるギャンブルの終焉。そうはいくか。危険すぎるデスドライブを続けること数十分。ようやく雨は止んで、無事に東京まで車を走らせることができた。

不動産屋で鍵を受け取ってアパートへ向かう。ここが今日から僕の拠点になる。まずはバイト先を決めなければいけない。近くのコンビニで働くことにした。面接には合格。昼間に芸人としての活動をするために、深夜帯で働くことにした。

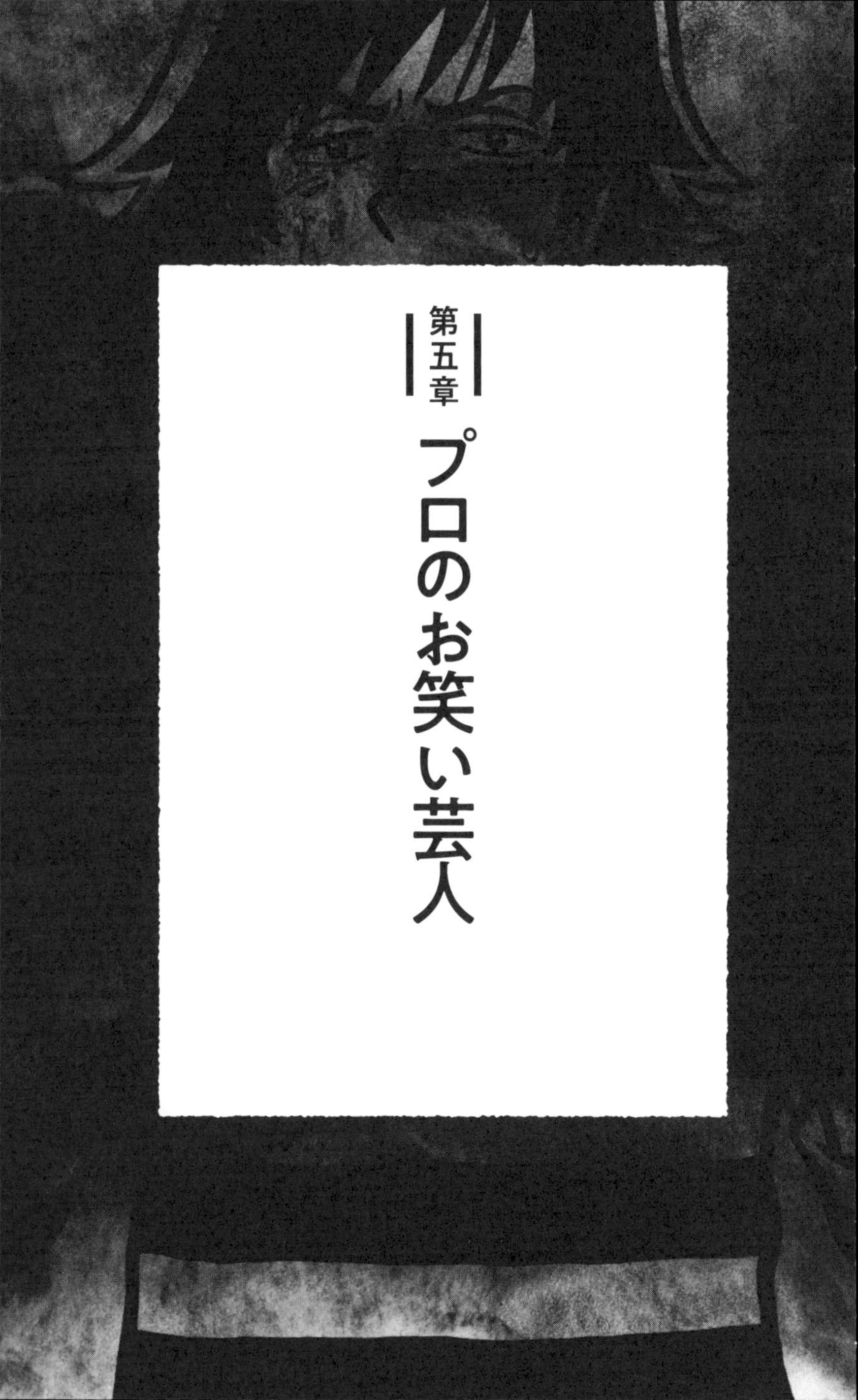

第五章 プロのお笑い芸人

大手お笑い事務所・吉本興業へ

数ヶ月後。東京での生活に慣れ始めた頃だった。いつものようにバイト先に行くと店長が言った。

「もう1人お笑い芸人の子が入ることになったぞ」

名前は太田くん。彼は僕より5歳年下で明治大学出身。中卒で不良だった僕とは、芸人という共通点を除いて真逆のタイプだ。コンビニバイトの経験者で、逆に僕が教えてもらう局面もあったくらい。彼は吉本興業に所属していた。

お笑いの事務所としては言わずと知れた大手事務所。僕は事務所に所属してないフリー芸人。日々オーディションを受けていたが鳴かず飛ばずだった。

「福田さんも吉本に入ればいいじゃないですか」

「入学金が40万かかるんでしょ？　そんな金ないからなぁ」

「ローン組めますよ」

この一言はデカかった。前から吉本に入りたいとは思っていたが、入学金だけが引っかかっていた。太田くんが持ってきてくれたパンフレットに、ローンでの支払いは可と書いてあったため、急いで願書を取り寄せた。必要事項を記入して送付。数日後には吉本興業から、面接の日取りを書いた紙が送られてきた。吉本の面接はどんな面接なんだろう。普通の会社やアルバイトの面接とは違って、面白いことをしたほうがいいのか？　前に吉本は軍隊のように厳しいと聞いたことがある。果たして何事もなく終わるだろうか。月日は流れて面接の日がやってきた。

結果は今までの緊張していた時間を返してくれ、と言いたくなるほど簡単な面接だった。名前や生年月日を書いた紙を提出して、軽く挨拶をしただけ。合否が出たのは数ヶ月後。家のポストに吉本興業からハガキが届いていた。

『ＮＳＣ22期生入学において、面接の結果は　合格　です』

あの面接で落ちることなんてない気がする。この感じなら学校生活も心配はなさそうだ。入学式当日。壇上にあがったのは見たことのある人だった。ダウンタウンさんの元マネージャーである藤原寛副社長だ。何を話すのだろう。

「皆さんは今日からプロの芸人さんたちの仲間入りです。私は今まで多くの芸人さんたちを見てきました。彼らは24時間お笑いのことを考えています。皆さんも今日からは寝ている時も、笑いのことを考えてください。あと……ぇぇと……。なんだっけ？　……ま、とにかく頑張ってください」

会場は笑いに包まれた。なんて会社だ。副社長の挨拶からして面白い。これが吉本興業か。ワクワクと興奮で胸は高鳴りっぱなしだった。と余裕をかましていられたのはここまで。

学校生活が始まった途端に、空気のピリつきは今までとは天と地ほどの差だった。挨拶や礼儀やマナーがなってないと烈火の如く怒られる。面白いと思ってやったことが逆鱗に触れることも多々あった。こんな空気感で伸び伸び面白いことをするのは不可能だ。萎縮してしまって前に出られない。そう思っていたのは最初だけ。

入学生の中には面白さと非常識を履き違えた輩がチラホラいた。もちろん常識通りのことをしても面白くはない。かといって何でもかんでも、無茶苦茶やればいいのかと言えばそれも違う。そのバランスを、うまくとれるようにするための厳しさだとわかってからは納得した。

養成所の生活は1年だったが怒涛の1年だった。良かったことはたくさんある。ライバルに出会えたこと。笑いの基本を学べたこと。相方ができたこと。授業の一貫で「相方探しの会」という催しが行われていた。

「僕はサイドビジネスをいろいろやってるんで、金はたくさんあります。ネタ合わせに使うお金は僕が払えます」

ふざけたアピールをするやつだと思ったが彼とは共通点が多かった。名前は小山。同い年で地元も近く、ヤンチャだった過去を持つ。学校での生活は残り3ヶ月。300人いた同期も半分くらいに減っていた。辞めずに続いているだけでも根性があるということ。話し合って彼とコンビを組むことにした。ここからは最後の卒業ライブに向けて走り切る。

「ネタ合わせに使うお金は僕が払えます」

小山はそう言っていたがコンビ間で貸し借りを作るのは嫌だった。上下関係や優劣ができると、面白さが半減すると思っていたからだ。お互いが住んでいる場所の中間にあるカラオケで、ネタ合わせをすることにした。

「もう1回やろう」

「また？　もう休もうぜ」

「いや卒業ライブまで時間ないから」

「ちょっとトイレ行ってくるわ」

変わったやつだ。悪いやつではなさそうだが、今後の関係性がどうなるか見えない。今までの失敗を活かして付き合っていこう。とりあえず今は卒業ライブのために練習をしなければならない。

トイレに行ったはずの小山は戻ってくる気配がない。

『隣の部屋に来いよ』

小山からラインが送られてきた。まさか。隣の部屋を外から覗いたら、なかで見ず知らずの2人と一緒に歌っていた。なぜか相手も嫌がっていない。気づいたら最後は僕も含めて4人で、肩を組んで合唱していた。こういうことをしても許されるタイプは確かに存在している。貴重と言えば貴重だ。

このあとも何度かネタ合わせをして、卒業ライブの日を迎えた。なんだかんだ言って手応えのある漫才ができた。濃密で慌ただしい1年間に幕を閉じた。

1週間後。卒業後の初ライブ。劇場には先輩たちが多勢いて挨拶回りから始まった。小山は人一倍しっかりした挨拶だったが、ビジネスライクな考えでそうしていると知って少し冷めた。楽屋で待機中。同期にお笑い芸人になった動機を聞かれて、税金対策と答えていた。

服を買っても衣装代。ご飯に行っても打ち合わせ代。こんな発想は浮かんだこともない。サイドビジネスをやっているとは聞いていたが、本当は芸人ではなくサイドビジネスがメインなのではないかと思ってしまう。そんな動機で芸人を始めたのかと思ったらゲンナリした。本人に問いただしても冗談だとごまかされてしまった。

半信半疑だったが、税金対策をするためというだけの理由で、厳しい養成所を耐え抜くことはできない気がする。しばらく様子を見よう。出番になるとスタッフさんに呼ばれて舞台袖にスタンバイした。卒業ライブのあとで漫才をやるのは今日が初めてだ。

結果は可もなく不可もなくといったところ。出演者全員の出番が終わって、最後に全員で舞台に上がった。ここからは企画のコーナー。鍋や人形、電話やヘルメットなど20種類ほどある道具の中から好きな物を選ぶ。それを使って面白いことをするという企画だ。小山は赤ちゃんの人形と桶を持って舞台中央へと歩いていった。司会者の合図で持っていた風呂の桶に赤ちゃんの人形を入れてこう言った。

「赤ちゃんポスト」

「はい、ダメー」

唖然とした。会場も全くウケていない。司会の先輩も救いようのないものを見る感じだった。幸いにも舞台をおりてから怒られることはなかったが一抹の不安は残った。こんな破天荒で大丈夫だろうか。この破天荒ぶりが良いほうに作用すればいいが。

「聞いてくれよ。昨日ギャグ買ったんだよ」

「ギャグを買った?」

「そうそう。渋谷のギャルに芸人やってるって言ったら、ギャグくれるって言うからさ」

「どんなギャグ?」

「いくぞ。位置について……ヨーイ! するだけ」

「いくらで買ったの?」

「5000円」

「クーリングオフしてこい！」

本来ならプロの芸人がギャルからギャグを売ってもらったと聞いたら、プライドを持って欲しいと思うところ。僕は彼のヤル気のなさを、何とか笑いに変換できないものかと試行錯誤していた。これといった活躍のないまま3年の時が流れる。情熱を注がずに笑いで飯を食っていくことなんて不可能。心のどこかでわかっていたつもりだったが、核心からは目を背けて無駄な努力を続けていた。


「おはようございます」

「おう、45！　おはよう」

店長は僕のことを番号で呼んだ。久しぶりの感覚に少し戸惑った。ひょっとしたら既に名前を取り戻しているんじゃないか？　と思うくらい最近は番号で呼ばれることがなかったからだ。

「いらっしゃいませ」

「タバコください」

「はい。何番のタバコですか？」

「45番で」

「かしこまりました。こちらでよろし……野口さんじゃん。マジで東京に来てたんだ」

「はい。ごめんなさい。タバコは吸わないんで戻してください」

「いや45番って言いたかっただけかよ」

「少し話せますか?」

「いいよ。今お客さんいないから」

「最近どうですか?」

「それがワケがわかんないんだよ。今日も45って呼ばれるんだけど何も悪いことしてないし。このルールが正しいのは知ってんだけどさ。俺は相方に腹が立っても、笑いに変える努力をしてんだよ?」

「なるほど。そこまで辿り着きましたか。安心してください。そのステージまでいけば、もう一息です。今までは何をするか、何を言うかを意識してませんでしたか?」

「そうだね。できるだけ人のためになることをしたり、喜ばれるようなことを言ってきたつもりだよ」

「本当の意味で更生するには、何を思うかまで意識しないとダメなんですよ」

お客さんが並んだ。

「おっと。邪魔になってしまいますね。じゃあ最後に1つだけ。付き合う人は考えないとダメですよ。人は影響し合って生きているんですから。誰と一緒にいるかは大切なことなんです」

どういうことだ? 小山と解散をしろということか? ここで解散をしたら今までと何も変わ

らない。それだけじゃなく、野口は何を思うかも影響すると言っていた。いくらなんでも難しすぎないか？　思うことは意識でコントロールできるレベルじゃない。

何かを考える前に思うことは容赦なしにやってくる。完璧な人間になれと言われているようなものだ。このルールを考えたやつは何を考えて……いけない、いけない。批判的な考えになるところだった。

僕の目の前に「女神」があらわれた

「すいません！　すいませーん！」

「あ、す、すいません！　こちら温めは……」

ボーッとしているあいだに、待たせていた女性客の顔を見て言葉を失った。

「オホンッ！　温めますか？」

「はい！　お願いします」

一目惚れだった。お釣りを渡すと、彼女は〝ありがとうございます〟と言った。本来〝ありがとうございます〟は、店側の人間が使う言葉だ。見た目だけじゃなく内からあふれる美しさがある。

女神だ。

この日から彼女は頻繁に店に来てくれるようになった。翌日も翌々日も。仕事終わりに来ているのだろうか。来ない日があると気にしている自分がいる。2人の距離が縮まるのに、そう時間はかからなかった。何度か接客をするうちに自然と会話も増えて、連絡先を交換するようになる。うだつの上がらない芸人生活とバイトの繰り返し。そんな張りのない日常に1つの温もりが生まれた。

田中マナミ。彼女は素敵な女性だった。自分には不釣り合いなのではないかと思うほど。デートで一緒に歩いていても申し訳ない気持ちになってしまう。まだ売れていない芸人ということは伝えているものの、彼女に不憫な思いはさせられない。

一緒に歩いている時に情けない思いをさせないように、身の丈に合っていない服を着るようになった。デート代も花を持たせてほしいと言って全て支払った。バイト代だけでは足らずにクレジットカードを持つようになって、毎月の支払いに追われる生活が始まった。

次第に収入と支出のバランスが崩れ始めて、気づいた時には100万円の借金を背負っていた。小山はサイドビジネスが忙しいと言って、ネタ合わせの時間を作れない。どうせ芸人としての活動に時間を使えないのなら、暇を持て余すよりバイトをしていたほうがいい。悪循環だった。

バイトは週4日から週6日になった。彼女は僕が学費ローンを払い続けていることや、服を買っていることは知らない。見栄を張って付き合うべきではないというのはわかっていたが、本当の姿を隠していたのは僕だけじゃなかった。何度目かのデートで彼女は言った。

「実は子どもがいるの。今まで嫌われたくなくて黙ってた。ごめん」

田中翔吾。11歳。彼の存在を知ってから、彼女とは距離をとるようになった。隠し事をされていたことがイヤだったわけでも、子どもがいることを負担に感じたわけでもない。借金があって売れていない芸人が、彼女と子どもの人生は背負えないと思ったからだ。

期待させてはいけない。野口徹朗が言っていた「誰と付き合うかを考えるべきだ」という忠告は、彼女とのことを指していたのだ。

この日から彼女から連絡が来ても返事をしなくなった。数ヶ月後。ネタを考えることに煮詰まって散歩がてら外に出た。夜風にあたるも一向に頭は回らない。そろそろ家に戻ろうと体を帰路に向けた時。目の前に彼女がいた。

「久しぶり。何してたの?」

「ちょっとネタ作りに煮詰まってさ。マナミちゃんは?」

「私も家で考え事してたんだけど、気分を変えたくなったから歩こうと思って」

2人の足は自然と同じ方向へ進んだ。お互いの家からは遠ざかっていく。何を話すわけでもなく、ただ歩いた。彼女は沈黙を破るように言った。

「ごめんね」

「え?」

「私のせいで嫌な気分にさせちゃって……」

「いや違うよ。そうじゃなくて……」

本当のことを言いそうになった。彼女は自分が隠し事をしたせいで僕が離れたと思っている。それでいい。今ここで本当のことを言っても、なんの意味もない。そう思っていたのに次に自分の口から出た言葉には自分でも驚いた。

「好きだよ」

しまった。何を言っているんだ。こんなこと言うべきじゃない。早く撤回しないと。

「私もだよ」

耳を疑った。

「俺じゃないほうがいいと思う」

「なんで?」

「俺とじゃあ、幸せになれないよ」

うれしかった。彼女が同じ気持ちでいてくれたことだけじゃない。自分の想いを伝えることができた。これで思い残すことは何もない。

「私の幸せは私が決めることだから」

目が覚めるような言葉だった。人を幸せにすることも不幸せにすることも、自分にはできると思っていた。自分が幸せになるかどうかは自分次第。それを彼女は知っているようだった。少しずつ降り出した雨にも気づかず2人は抱き合っていた。

彼女と付き合うようになってから人生の全てが鮮やかになった。一緒に散歩をした時に花を見て綺麗と言ったり、星を見て感動する彼女が好きだった。1人で歩いていても足元を見たり、空を見上げることが多くなった。一緒にドラマを見て感動の涙を流した時も彼女は言ってくれた。

「そういう健ちゃんの人間っぽいところ好きだよ」

自分という存在そのものを受け入れてもらえた気がした。僕だけじゃなくコンビのことも応援してくれる。それだけに小山がサイドビジネスばかりに熱を上げていることには納得がいかなかった。

「俺の彼女シングルマザーでさ。仕事と家事を両立させて頑張ってんだよ。その負担を少しでも減らしたいから早く成功したいんだけどさ。もうちょっと芸事に前向きになってくんねーかな?」

「お前の事情だろ?」

これでイライラせずに済む方法があったら誰か教えてくれ。こう心の中で叫ばずにはいられないほど苛立った。こんな気が立っている状態で、輝かしい未来を掴めるはずがない。

この時にわかった。野口徹朗が言っていた「誰と付き合うかを考えるべきだ」という忠告は、小山のことを指していたのだ。マナミと一緒にいる時は幸せな気持ちでいられるが、小山と一緒にいるとストレスが溜まる。彼女に電話をして気を鎮めることにした。

「ネタ合わせはどうだった？」

「ちょっと言い合いになってさ……」

「そっか。小山くんヤル気ないのかな。わかってくれるといいけど。じゃあ明日も早いから、そろそろ寝るね。おやすみ。45」

マナミからの「45」に胸が苦しくなる

返事をするのも忘れて、電話を持ったまま立ち尽くしていた。「45」。今まで誰にそう呼ばれても、なんとも思わなかった。人間関係を学ぶために番号で呼ばれないように意識はしていたが、永久に名前を取り戻すことには興味がなかった。番号で呼ばれても名前で呼ばれても僕は僕。特にデメリットもない。

彼女に番号で呼ばれて胸が苦しくなったのはなんでだ？　相方だけが名前で呼ばれて、自分だけ番号で呼ばれたことが悔しかったのか？　それもある。彼女の特別でありたかった。たかが呼び方だが呼び方が違うだけで感じ方は変わる。

彼女は僕の人間っぽいところを好きだと言ってくれた。そんな彼女に番号で呼ばれてしまった。考えてみれば留置所での暮らしには人間らしさのカケラもなかった。風呂は1週間に1回。薄暗い場所で10時間以上も黙って過ごさなければならない。

遡れば不良に憧れて道を踏み外し始めた時から人間らしさは失っていた。故意に人を傷つけて幸せでいられるはずがない。自ら幸せを遠ざけるような生き方は不自然な人生なのだ。

「解散しよう」

今は名前を取り戻すことを最優先にしたい。初めての感情だった。漫才をするために相方を必要としてきたが、執着するのはもう止めよう。人を笑顔にできるなら形にはこだわらなくていい。3年間のコンビ関係に終止符を打つことにした。あと1回のライブで終わり。解散前に決まっていたライブには出なければならない。本番当日。舞台袖で小山が話しかけてきた。

「今日は最後だから、頑張っていこう」

客席からはわからなかったと思うが、僕は目に涙を浮かべていた。本番前に話しかけられたのは初めてのこと。なんだかんだ言って3年間ずっと一緒にやってきただけのことはある。皮肉にも今までで一番の笑いが起きた。出番終わりに僕のほうから声をかけた。

「飯でも行くか!」

「いや、仕事。仕事」

やはり解散は正解だった。こういうところがイヤで、コンビを組んでいたくないと思ったのだ。忘れていた。これからは1人で活動するしかない。わかっていても腰は重い。バイトだけの生活に、踏ん切りをつけようとしていた時だった。バイト先の後輩に何気なく聞かれた。

人生を変えた「今の話、本にしてくださいよ」

「福田さんって、若い頃どんな感じだったんですか?」

「あんまり人に胸張って話せる人生じゃなかったけどな。まあ馬鹿だったよ」

「ひょっとしたら結構ヤンチャだったとか?」

キラキラした目をしている。興味津々な後輩の期待に応えるため話すことにした。地元で最大のギャングチームのリーダーをやっていたこと。田畑への恐怖。留置所で面会の時に父がかけてくれた言葉。全てを語り終えて後輩を見ると目をウルウルさせていた。

「や、やめてくださいよ」

今の話に泣くようなところはあったか？　あるとすれば父が面会に来た時の話。そうか。あの時は僕も涙を流した。多くの言葉を投げかけてもらったわけではないが、今までに誰から受けた愛よりも大きかった。

「福田さん。今の話、本に書いてみてくださいよ」

「本!?　いや俺も本は好きだけどさ、書くのは簡単じゃないだろ」

「いや今ネットで書けるサイトがあるんですよ。『小説家になろう』っていうんですけど。そこで書いてくれたら僕も読めるし、そこから出版した本もあるみたいですよ」

小山との解散後は時間を持て余していた。それならということで暇つぶし程度に書いてみることにした。何から書こう。小説ということはフィクションだ。実際に体験したことなら思い出して書けばいいだけだが、仮想の話は想像力が豊かでなければならない。

いや待てよ。想像力を使う必要はない。僕にとっての実体験は、周りからすれば空想の世界のようなもの。名前を失った男の話なんて誰も真実とは思わない。よし。これだ。自分にとっては真実だが、周りにとっては嘘みたいな話。ペースは不定期だが、1話ずつ書き終える度に掲載していった。

「いいじゃないですか。早く次が読みたいです」

「おぉ、マジで？　ありがとう」

暇潰しで始めた執筆活動だったが、1人でも喜んでくれる人がいるなら手は抜けない。書き進めるにつれて、読んでくれる人も多くなっていった。バイト仲間、コンビニのお客さん。それからマナミ。

「へー、すごい！　ほら、翔吾。健ちゃんが本書いたんだって」

「……」

「翔吾、本好きじゃん！　読んでみたら？」

「……」

「ごめんね。緊張してるんだと思う」

無理もない。たまにフラッと現れるだけの見知らぬ男は、妙な存在以外の何者でもない。時間をかけて距離を縮めるしかない。

良かったのは今まで話したことのない、同期の芸人たちに読んでもらえるようになったこと。この流れで再びコンビ結成の話が持ち上がる。

「いつまでに結果が出なかったら、辞めようとか考えてる？」

同期の杉本に会って一発目に聞かれた質問だ。辞めるつもりはないと答えた。そもそも失敗する可能性は考えていない。仮にダメだった時のことを考えたとしても、30歳を超えた今は他にできることもない。お笑い芸人の道を諦めて就職先を探しても、中卒の自分が仕事を見つけられる可能性は低い。

「良かった。俺コンビ組むために1つだけ条件があってさ。それが辞めないっていうことだったんだよ」

なんだ？　僕は面接をされていたのか？　まぁいい。ヤル気があればこその質問だ。今までの相方はヤル気がなかったか、途中でドロップアウトをするかのどちらかだった。辞めるつもりかどうかは過去の経験を踏まえると、確かに知っておきたい情報だ。お互いに何度も解散を繰り返していた僕と杉本は慎重になっていた。今すぐコンビを組むのではなくて、1つの目標に取り組んで結果次第で判断をすればいい。

その目標とはM-1グランプリだ。約5000組がエントリーをして、我こそはという漫才師たちが頂点を目指して競い合う大会。本番まで2ヶ月しかないため、勝ち上がる可能性は限りなくゼロに近いが、今後のコンビ活動を見定めるには良い機会だ。

本番当日。やはり結果は甘くなかった。一回戦敗退。仕方がない。たったの2ヶ月で勝ち上がれるような甘い大会ではない。大事なのは結果より過程。彼となら1つの目標に向かって、必死に取り組むことができるとわかった。

僕たちは正式にコンビを組むことになった。コンビ名は『ガネーシャ』。杉本は今までの相方と明らかに違っていた。小山と組んでいた時は、小山が芸人活動よりもサイドビジネスを優先していたのが原因で解散。今は立場が逆転してしまった。僕が借金をしているせいで週に6日もバイトをしていて、杉本に時間を合わせてもらう形になっている。それでも杉本は文句を言わずに合わせてくれた。

そんな杉本の気持ちに応えるために、毎週1つは新ネタを作って週1のライブとネタ合わせは怠ることをしなかった。すると少しずつ舞台で手応えを感じるようになってきた。今度こそうまくいく。ようやく理想の相方に出会うことができた。

そんなある時。まさかの形で順調な流れに歯止めがかかってしまう。驚異の感染力を持つウイルスが世界中を襲った。コロナウイルスだ。驚くべきスピードで蔓延して緊急事態宣言が発令。ライブ活動はストップ。芸人としての活動はゼロになってしまった。

1通のメール

先行きが不透明になって、希望が打ち砕かれたダメージは大きかった。今後はどうしていけばいいのか。何もできない現実に打ちのめされかけていた。そこに吉本興業から1通のメールが届く。

『本を出版しませんか?』

このメールは全ての芸人に送られていた。その名も『吉本作家育成プロジェクト』。吉本興業とベストセラー作家を生み出した伝説の編集者が、共に新たな才能を発掘するために立ち上げられたオーディションだ。

このメールがきた時はウェブサイトの小説が完成した時だった。迷いは一切なかった。応募フォームに必要事項を記入して送信。1ヶ月後。1次選考通過のメールが届いた。信じられない。200人中50人に残ったと書いてある。こういったオーディションで勝ち上がるのは人生で初めてのこと。次いで2次選考、3次選考と通過して、最後のプレゼン大会まで残ることができた。これは自分のための企画なのではないか？　そう思うほどだった。プレゼン大会当日。運命に味方をされて最高のプレゼンをぶつけることができた。

結果は合格。鑑別所で本を読むようになったことで読書にハマって、最終的に自分が本を出版することになるなんて夢にも思わなかった。ここから自分の本が世の中に出回るようになるまでは早かった。お金が入ってくるのは2ヶ月後。まだバイトは辞められない。

千原ジュニアさんの番組からオファーがきた！

いつも通り夜勤のバイトに行くために、21時にセットしたアラームの音で目を覚ました。ふと携帯に目をやると、吉本興業のマネージャーから着信が入っている。こんなことは滅多にない。なんせ約600組を担当しているマネージャーさん。この人に認識してもらえるのは全員ではない。連絡がくるのは珍しいこと。まず間違いなく悪い知らせではない。叩いてもホコリが出ないような生活を送っていれば、唐突な連絡があってもマイナス思考にはならない。次第に高鳴る鼓動。同時に寝起きのけだるさも少なからず感じていた。

「もしもし。すいません。寝ていて電話に出られませんでした」

「はい？」

「福田です。コンビニで夜勤バイトやってるんで今起きました」

「あ、福田くんか！　そうか、そうか！　えぇと、千原ジュニアさんの番組なんだけどオファーがあって、出れるかなぁと思って」

千原ジュニアさん。言わずと知れた笑いのカリスマ。僕が中学生の頃から天才の地位を欲しいままにしている憧れの存在。そんな人の番組に出られるなんて信じられない。番組内容は、過去の失敗から学んだことをスピーチするという企画。

「すいません。ちょっと今、まだ頭が回ってなくて。誰が勧めてくれたんですかね？」

「いやぁ、わかんないけどね。どうする？　出る？」

収録日は来週の水曜日。その日はバイトの予定だったが二つ返事で引き受けた。シフトの代わりを見つけるためなら何だってする。もし無理なら辞める覚悟もある。電話を切って溢れる喜びを感じながら、気づいた時にはマナミに電話をかけていた。

彼女は自分のことのように喜んでくれた。不安だったと思う。女手ひとつで子育てをしながら、将来の成功を夢見ている男と付き合ってもいいのか？　そう考えるのは普通のこと。

「健ちゃんなら絶対に成功する！　大丈夫だよ」

常日頃から彼女が口にしていた言葉だ。これは彼女の優しさだと思う。今までは何の結果も出していない。ようやく安心させることができた。ホッと胸を撫で下ろしながら時計を見ると、バイトの時間が迫っている。

接客は上の空。というわけにもいかない。最近は人件費の関係で夜勤は1人体制だ。常連さんと話して盛り上がっていたら、並んでいるお客さんを待たせてしまう。もっと喜びに浸りたいが、最寄駅の終電の時間まで客足は途絶えない。ようやく客足が減って1人になった時。立っていられなかった。

「良かったぁ。よっしゃー！　ヤッタぞー！」

誰もいないコンビニの店内で、寝転びながら大声を張り上げた。長かった。本当に長かった。17歳で鑑別所を出てからというもの、更生をするにしたがって人を笑顔にしたいと思うようになる。プロの芸人になることを誓って約17年。初めてテレビに出演することができる。

ずっと見る立場だった。いつか画面の中から世間に笑いを届けたいと思っていた。その夢が叶う。収録は来週。不思議と焦りはなかった。今まで築いてきた全てを、ぶつけるだけ。ワクワクが止まらない。応援してくれている皆に早く報告をしたい。時計の針は午前1時を回っている。連絡をするのは明日にしよう。

翌日。店長に報告も兼ねてシフトの交代をお願いしたら、快く承諾して祝福の言葉を投げかけてくれた。他の皆もエールを送ってくれた。姉にいたっては誇らしいとさえ言ってくれた。非行に走っていた時は家族の面汚しだった自分が、誇りになることができた悦びは大きかった。

収録当日。楽屋挨拶。メイク。今まで見ることしかできなかった人たちとの共演。全てが新鮮で夢見心地だった。

番組が終わって全てを見ていたマネージャーさんは、労いの言葉をかけてくれた。そのまま千原ジュニアさんの楽屋まで最後の挨拶に行く。この時の千原ジュニアさんの表情は、心なしか微笑んでいるようにも見えた。

「そういえば彼女いるんだよね？　楽屋弁当まだあるか見てくるよ」

マネージャーさんが、彼女と翔吾の分の弁当を持ってきてくれた。こんな幸せな時を今日で終わらせてはいけない。これから先ずっと同じ生活を繰り返していく。今までは漠然としていた未来予想図が明確になった。

忘れ物がないかチェックして、テレビ局をあとにしようとすると、入り口にはタクシーが停まっていた。至れり尽くせりだ。走り出したタクシーから見える景色は綺麗だった。スマホを取り出して見たら、マナミからラインがきている。

『そろそろ終わる頃だね。今日はウチでお祝いしよう』

照れくさかったが有り難く祝ってもらうことにした。マナミに返信をした後で、マネージャーさんにも改めて感謝のメールを送る。最高の一日だった。誰かが言っていた。良いことがあった後には悪いことがあると。そんなはずがない。ここまできて急降下してしまうような人生なら、神に見放されている。

翔吾と仲良くなるきっかけ

マナミの家の近くまで来た時に、飲み物を買うためにコンビニで降ろしてもらった。店から家までの道中で何やら騒ぎ声がする。声がするほうを見ると、公園で学生たちが揉めていた。ガラの悪い連中が6人。その6人と睨み合うような形で立っている1人は、真面目そうな雰囲気だ。彼は怪我をしている。よく見ると怪我をしていたのは翔吾だった。

「誰がやったんだ?」

2~3人はヘラヘラ笑っている。残りはバツが悪そうだ。揃いも揃ってチャラチャラした格好をしている。対する翔吾は、砂まみれの体操着で肘を擦りむいて血を流していた。

「聞いてんのか!!」

「行こうぜ」

リーダー格の男が声をかけると、残りの連中も後をついて去って行った。翔吾は複雑な表情をしている。声をかけようとも思ったが、彼は僕に心を開いていない。何を言っても返事はもらえないと思っていた。

「……ごめんなさい」

翔吾は目に涙を浮かべて精一杯の言葉を放った。彼の服に付いてる砂を手で払う。前は服に付いていたゴミをとろうとしたら、避けられてしまったが今回は動かなかった。

学校でイジメられているのだろうか。余計なことを聞いて傷つけてはいけない。でも話を聞いてほしいと思っている可能性もある。どうしよう。どうしよう。と頭を悩ませた結果、やっぱり今の件には触れないことにした。

男にとっては弱い姿を見てほしくない時期がある。もし話したければ自ずと話し始めるだろう。そう思った僕は、今日あったことや学生時代の話など何気ない話をしていた。その間の翔吾は相槌を打っているだけ。何か他のことを考えているようにも見えたが気づかないフリをした。彼は不意に僕の話に割って入る。

「あのさ。今日のこと内緒にしてくれる?」

「何で?」

「心配かけたくないから」

「アイツらにまた同じ目に遭わされたらどうする？」

「また助けて」

安心した。素直な子だ。それに強い。自分のことよりも他人のことを考えられる優しさがある。

この子なら大丈夫だ。

「わかった。次なんかあったら俺に言うんだぞ？　番号交換しよ」

こうして僕たちの距離感はグッと近くなった。家に着くまでの間に、好きな女の子の話や好きなテレビの話で盛り上がる。こんな風に話せる日が来るとは思わなかった。

「本当は僕、お笑いが大好きなんだよね」

「そうなんだ！　誰が好きなの？」

「誰がっていうのは特にないんだけど、漫才が好きなんだ。やってる？」

「俺は相方と一緒に漫才やってるよ」

「へぇ。ちなみに一緒にやってるって言ったけど、相方さんと……ぇと……」

「何でもいいよ。お母さんみたいに、健ちゃんって呼んでくれてもいいし」

「え!?　け、けん……ちゃん？」

「うん」

「相方さんと……健ちゃんは昔から友達だったの？」

翔吾は照れ臭そうに言った。この後も堰を切ったように質問は止まらない。今まで聞きたくても聞けなかったことが聞けて、うれしそうだ。質問は芸人志望の学生みたい。ひょっとしたら、彼の将来の夢は芸人になることなのかもしれない。家の前に着いたら翔吾は襟元を正すような仕草をして玄関のドアを開けた。

「ただいま」

「おかえり～……あれ、どうしたの？　その傷」

「あ、あぁ、これ転んじゃった」

「そうなの？」

そう言ってマナミはチラッとコッチを見た。僕たちが2人で一緒にいることが不思議そうだ。たまたま帰り道で一緒になったことを伝えると、安心した表情でリビングに案内してくれた。

「これ、楽屋弁当。マネージャーさんが2人にも持っていくように言ってくれてさ」

「えー！　良かったねぇ！　翔吾」

昼ご飯を食べた後で夕飯の準備はまだだった。夜になって3人で弁当を食べながら食卓を囲んでいる時間は、本当の家族のよう。何よりも翔吾の様子が今までと違いすぎて、マナミは何度も僕の顔を見て目を真ん丸にした。

「え、それで？　それで？　相方さんと健ちゃんは仲良いの？」

「け、健ちゃん⁉」

当然のリアクションだ。今日の収録で一緒だった芸人さんを含めても一番の反応だった。天変地異でも起きたかのような顔をしていて最初は驚いていたが、徐々に納得をした表情になった。おそらくマナミは翔吾が芸人を好きだと知っていた。今までは僕に懐いてなかったから、気を遣って言わなかったのだろう。

テレビ出演が決まったことで、僕に対する態度が変わったと思っている様子。そうではないことを伝えたほうがいいかどうか何度も悩んだが男と男の約束だ。やはり黙っていることにした。

2人に名前で呼ばれて気分は有頂天。前はマナミの彼氏として、愛する彼女に名前で呼ばれたいという願望が強かった。

今は翔吾の父親になる存在として、名前を取り戻さなければいけないという責務を強く感じている。翔吾は中学生になって身体は大きいが、中身はまだまだ子ども。純粋で汚れもない。これから壁にぶつかって、何かで思い悩むことがあったら助けてあげたい。頼りになる存在でありたい。

血の繋がりなんて関係ない。愛おしく感じている。この気持ちが全てだ。結婚をした後で急に父親になるわけじゃない。ただ名前を完全に取り戻すまでは、胸を張って父親になることはできない。収入も今のままじゃ不安定だ。放送日は2ヶ月後。これを機に他の仕事が決まって、2人を養っていけるくらい稼げればいいが。そうなった時に、初めて僕はマナミにプロポーズをすることができる。

その時に名前を取り戻せているかどうかはわからないが、根拠のない自信があった。芸人としての成功と、更生プログラムの終了は同時期にやってくる、と。世間に迷惑をかけてきた僕が、多くの人たちを笑顔にできるようになればなるほど、人のことを考えられる人間へと成長することができたという証になる。

食事を済ませて家に帰った後で大志と電話をした。

「放送では全部カットされてたりしてな」

コイツなりの『頑張って』というメッセージだ。10代の頃から仲の良い親友。唯一無二の存在。

翌日もバイト先に行くと、店長や従業員や常連客の皆が興味津々に収録の話を聞いてくれた。

母からの知らせ

数日後。ライブに行って出番終わりに携帯を見ると、母親から着信が入っていた。1件や2件ではない。たぶん収録後は一度も話してないから、初めてのテレビ収録で感じた心境を聞きたくて仕方がないのだ。折り返し電話をかけると、予想だにしない内容だった。

「もしもし。あのさ、お父さん、もう長くないかもしれないからさ」

声が震えている。嘘だろ？　このタイミング？　よりによって何で？　今まで迷惑をかけてきて、恩返しできると思った途端にこれ？　高齢だから心配はしていたが、間に合うと思っていた。あと少し。あと少しなのに。

「帰って来てくれない？」

先のことは考えられない。今すぐにでも新幹線に乗って帰りたい。はやる気持ちを押し殺してバイト先に電話をかけた。

「もしもし。父親がヤバいって連絡があって……」

「え?」

「母親から泣きながら電話があって……」

「今すぐ行ってこい! コッチのことは何も気にしなくていいから」

こらえていたものが頬を流れた。店長は全てを悟ったように、早口で背中を押す言葉だけを投げかけてくれた。電話を切って駅に向かう。新幹線の当日券を購入して岐阜羽島へ。途中でマナミと相方にラインを送った。羽島駅には母が車で迎えに来てくれた。

「今どういう状況なの?」

「入院してるんだけど。来週の手術がダメだったら助からないって……」

「いきなり体調崩したの? 今まで1回も体が悪いなんて聞いたことなかったけど」

「言っても心配かけるだけだと思って黙ってたけど、前から癌は見つかってたのよ」

久しぶりに見た母もやつれていた。ダメだ。自分まで落ち込んでいる場合じゃない。

「とにかく成功するように祈ろう」

返事はなかった。沈んだ空気のまま車を走らせること約20分。病院に到着。受付で手続きを済ませて2階の階段を上ってすぐにある父の病室を開けると、扉の開く音で父は目を覚ました。

「帰ったのか」

こんなに優しい声で話しかけられたのは初めてだ。いや留置所へ面会に来てくれた時以来か。

「状態は？　安定してるの？」

「ん〜厳しいな」

言葉自体は重いが言い方は軽かった。この差が妙に心を締めつける。

「健悟と2人にしてくれないか？」

そう言われてすぐに身構えてしまった。こんなことを言うのは珍しい。母は何も言わずに、部屋から出て行った。枕を背に体を起こして下を見たまま何も話そうとしない父。静かな時間が流れている。その流れに身をゆだねるように緩やかに話し始めた。

「聞いたかもしれないけど足に癌が転移してな。手術するんだよ」

母から聞いた〝癌〟と父から聞いた〝癌〟は印象が違う。母からは恐怖を感じたが、父からは受け入れている強さを感じた。

「どうなるか、わからないんだよ。ダメかもしれないし、大丈夫かもしれない。どちらにせよ長くないのは間違いないな」

決して暗い雰囲気ではなかった。伝えたいことを全て吐き出していない様子で、少し体勢を直すと何かを決断したような表情でこう言った。

「お母さんのこと頼んだぞ」

そういうことか。だから改まって話し始めたのか。考えれば他の話じゃないのはわかる。父が何を差し置いても最優先するのは母のことしかない。即座に首を縦に振った。

慣れた手つきで松葉杖を持って部屋をあとにした。今まで叱られたこともたくさんあった。あの時の強さは今はもうない。そこに母が戻ってきた。

父から言われた言葉を聞き出そうとはしない。こんな時でも母は父を尊重している。普段と変わらない。僕が何も言わない限りは何も聞かないつもりだ。

「さっき看護婦さんが他の患者さんの世話をしてる時にね……」

とりとめもない話を続けているが頭には入ってこない。さっきの父の言葉だけが心に残っている。母が悲しみを和らげようとしているのはわかる。その思いを大事にしたかったが我慢できなかった。

「あのさ……」

「なに?」

「俺お笑いやめるよ」

ここに来る前から考えていた。父がいなくなったら母は1人になる。姉たちには2人とも家庭があって別の場所に住んでいる。僕は独り身で自分勝手に夢を追いかけて家を飛び出した。もう夢を見ている場合じゃない。

「お父さんに何か言われたの？」

「いや今まで迷惑ばっかかけてきたから。もう迷惑かけられないなぁと思ってさ」

なぜか母は笑っている。呆れ笑いのようにも見える。まぁいい。もう決めたことだ。母はカバンの中を見て何かを探し始めた。手に掴んでいる物を見ると父の携帯を握りしめている。

7年前にも同じ物を使っていた。渡された携帯はロックが解除されていて、ネットの検索画面が表示されていた。

『ガネーシャ　福田健悟』

『ガネーシャ　漫才』

『福田健悟　本』

『福田健悟　漫才』

「お父さん言ってたよ。唯一の楽しみは、あんたの活躍を見ることなんだって」

涙が止まらない。

「さっきはわからなかったかもしれないけど、普段は辛そうな顔をしてるのよ。そりゃそうよね。痛み止めも欠かさずに飲んでるし。でもね、健悟の動画を見てる時だけは笑ってるんだよ。その日だけは痛み止めも必要ないって言うしね。やっぱり、笑うっていうのは良いことなんだね」

初めて知った。いつもそうだ。昔から見えないところで優しさを表現している。さっき母に席を外すように言った時もそうだった。一線で活躍している芸人さんたちも同じだ。表面的には馬鹿なことをやっているだけに見えて、裏側では血の滲むような努力をしている。

これが芸人として理想の在り方だと思っていた。だが父は芸人としてではなく、人間として理想の存在だった。憧れの存在は雲の上にいて、手が届かないと思っていた。

僕はバカだ。自分が憧れてきた人たちを見ればわかる。知らないうちに、父の背中を追いかけていたのだ。母の幸せを第一に願う男。翔吾も同じ。怪我を隠して母親を心配させないようにしていた。彼は父親がいない代わりに、自分が大好きな母親を守りたかったのだ。

売れていない芸人なんかに任せたくなかった。だから口をきいてくれなかった。そんな翔吾も今は僕に心を開いてくれている。あと少し。あと少しだけ。わがままを続けさせてもらおう。戻ってきた父に伝えたいことがあった。

「謝りたいことがあってさ」

「何のことだ?」

「昔のことなんだけど」

「昔のことなんか、謝ってもらわなくていいぞ」

「ずっと引っかかっててさ。ご飯食べてる時に言い合いになったこと」

「そんなこと覚えてねーな」

僕はハッキリ覚えていた。あれは留置所から出た後のこと。夕飯を食べている時に父とニュースを見ていた。ある国が敵対する国に対して、武力を行使しているというニュースだ。そのニュースを見て、武力を行使するのは仕方がないと言う父。それに対して異を唱える僕。

「力でねじ伏せても、強いやつが意見を通せるってなるだけじゃん」

「それでいいんだよ。アイツらに意見を言わせたらダメなんだから」

「じゃあ俺が今から外に行って、コンビニでたむろしてる不良を全員ぶっ飛ばしたら褒めてくれる?」

「何言ってんだ?」

「忘れたのか? 口の利き方が悪いって言って、俺を殴ったことあるだろ? あれは自分の意見を通したかっただけじゃねーのか? 俺が弱かったからできただけだろ! 今の俺に同じことができんのかよ!」

どっちの考え方が正しかったか、間違っていたかは問題ではない。問題は僕が父に対する感謝を忘れていたことだ。留置所に面会に来た時は怒るわけでもなく、心配をしてくれた父。田畑に追い詰められて精神的に限界だった時は、ナタを持って家を飛び出そうとした父。その恩を忘れて酷いことを言ってしまった。たとえ父が覚えていなくても謝るべきだ。

「覚えてない？　昔ご飯を食べてる時にニュースを見ながらさ……」

「覚えてるに決まってるだろ」

「え？　さっき覚えてないって……」

「健悟の言ったことは一語一句、全部覚えてるんだよ」

そんなふうに思っていたなんて知らなかった。無口で口下手な父の表面的な部分だけを見て、自分に興味を持っていないと思っていた。父の愛情に僕が気づいていないことを父は知っていたと思う。それでも17年間も誤解をされ続けたまま、黙って見守ってくれていた。それは言葉なんかで表現できるような薄っぺらいものではない。

僕も翔吾に似たような気持ちを持っていた。どれだけ心を閉ざされても、わかってくれると信じていた。とは言っても翔吾と僕の場合は、僕が歩み寄らないといけない立場。それでも翔吾は心を開いて謝ってくれた。悪いのは翔吾じゃない。そうわかっていても、うれしかった。たった一言で受け入れてもらえたことが伝わったからだ。やっぱり言わなきゃダメだ。

「すいませんでした」

心がフッと楽になったのが分かった。長年のつっかえが取れた気がする。伝えて良かった。もう会えないと心の底から思っているわけじゃない。その可能性がゼロ%じゃないなら、言っておくべき大事なことだったのだ。回診の時間になって帰ることにした。

「あんまり簡単なことは言えないから1つだけ言うよ」

「ん？」

「またね」

「ハハハ。またな。今日は来てくれて、ありがとう」

父の口から感謝の言葉を聞いたのは生まれて初めてだった。これは父が無口だったこととは関係ない。今までの僕が感謝を口にされる人間じゃなかったからだ。母は夕飯の支度をするために先に帰っていた。代わりに迎えに来てくれたのは姉だった。

「どうする？　実家に帰る前に手土産でも買っておく？」

「土産なら買ってきたよ」

「え⁉　嘘！」

姉は二度見をして驚いていた。もし買ってないなら、自分が代わりに買ってもいいと思っていたとのこと。そんなふうに思わせてしまうくらい若き日の僕は未熟で、今は多少なりとも大人になったということだ。家まで向かっている道中の景色は懐かしかった。7年間で変わったところもあるが大半は変わっていない。僕が帰ってくることを聞きつけて、実家には姪っ子や甥っ子も集まってくれた。

祖母は目頭を熱くしながらギュッと僕の手を握る。姪っ子たちは恥ずかしそうにしている。このなかには僕が上京をする当時、0歳だった赤ん坊もいる。今は7歳だが彼女からしたら目の前にいる僕は、知らないオジサン。

人見知りを発動されても仕方がない。東京での生活は約7年。曲がりなりにも、芸人としての色を大切にしながら生きてきた。嫌なことがあって黒ずんだ人生を送っていても、明るく元気に振舞ってオレンジや黄色の明るい自分でいる。

そうしているうちに、塗り替えた自分が本当の自分のような錯覚に陥っていた。自覚はなかったが父や母や祖母や姉の前でも、塗り替えたままの自分だったと思う。大人は気づかなくて当然だ。それは誰しもが社会に出て生きている中で、少なからず取り繕って生きているからだと思う。

子どもたちも僕の仮面に気づいているようには見えなかったが、話しているうちに少しずつ白色に染められていくのがわかった。マズい。せっかく積み重ねてきたものが崩れてしまう。何色にも染まっていない無垢な存在の前では、仮面を被っていられない。

気づいたら7年前の自分に戻っていた。体の力が抜けてリラックスしきっている。頭の中に湧いてくる感覚。もう東京には戻りたくない。そう思うくらい温かかった。久しぶりに食べる母の手料理。鑑別所から出てきた時とは違う感動。

がむしゃらに走り続けてきた7年間の疲れを癒やすように風呂で体を洗った。ナメクジが出たり、ネズミの走る音が聞こえるようなボロい家に住んでいて、ユニットバスだから浴槽に入るのも7年ぶり。ここ3、4年は週1日以上休んだことがない。

家に帰ったら洗濯をして、ゴミ袋を替えて掃除機をかける。ご飯も自分で用意しなければならない。突然エアコンが壊れて、ガスが止まったこともある。ふと目を下にやると、蟻の行列が床を歩いていたこともある。それに付け加えて皆が僕の活動を応援してくれている。彼らだけじゃない。東京で待ってくれている皆も大切な存在だ。ダメだ。帰らないといけない。名残惜しさもあったが、後ろ髪を引かれる思いで家族たちに別れを告げた。

東京に着いて今までと変わらない日常が始まった。変わったのは来週に控えた父の手術の成功を祈るようになったこと。この時には再来週に放送されるテレビ出演の内容を、SNSなどで告知していた。

『本がキッカケで、初めてテレビに呼んでもらうことができた！　2番目に笑いがとれたのは、本番前マネージャーさんに、家の中でナメクジを見たことがあると言ったこと。1番目はオンエア上で言ってます。3月23日。21時～』

やはり今までとは違う反応だった。この時に芸人を志すようになってから初めての不安を感じる。自分に興味を持ってくれる人が多ければ多いほどプレッシャーになる。活躍している人たちは、今の僕とは比べものにならないくらいに注目をされている。芸能界は決して華やかなイメージ通りの世界ではない。


翌週の朝。夕方には父の手術の結果が出る。前日も夜から朝までバイトで、普段なら昼は寝ているが気になって眠れなかった。術後は母から連絡がくることになっている。もう手術は始まっているだろうか。夕方になっても連絡は来ない。

自分から連絡をしようとも思ったが、バタバタしている可能性もある。そんなことを考えているうちに、気づいたら携帯を握りしめたまま眠っていた。目覚まし時計の音で目を覚ますと、着信が1件入っていた。母だ。

「もしもし。お父さん大丈夫だったよ」

声を聞いた瞬間にわかった。前回とは全く違う。実際は声を聞く前に何となく答えは想像がついていた。前回は何件も着信が入っていたが、今回は1件しか不在着信が残っていなかったからだ。

「お父さんに代わるね」

「心配かけたな」

「成功おめでとう」

「おぉ。ありがとう。テレビは来週か？」

「そうそう。21時から放送するから、良かったら見て」

「おめでとう！」

一気に体の力が抜けた。心配してくれた仲間たちに連絡をして、父の無事を伝えると全員が喜びを口にしてくれた。マナミにいたっては泣いて喜んでくれている。翌週。待ちに待った放送日。バイト前に寝ていて、起きたら自分が出演している場面が流れているところだった。

僕に与えられた時間はスピーチの3分とスピーチ後の3分。番組が終わると数人から連絡がきた。

「おもしろかったよ」

「スターの仲間入りだね」

「最高だったよ」

　この言葉たちが満たしてくれるのに比例して、今日の出来を自問自答する行為から遠ざかった。これからどうなるだろう。街で声をかけられるのだろうか。いや有り得ない。1回テレビに出ただけだ。そんなことあるはずがない。調子に乗って天狗になったら何もかも失う。ここは冷静に努めよう。あらかじめ買っておいたハンバーグドリアを食べてバイト先に向かった。

「どうだった?」

「いや〜なんか自分をテレビで見るって変な感じですね」

　この日の休憩中は1日中テレビの話題で盛り上がった。皆が褒めてくれて調子に乗りそうだったが、自分を律することに努めた。何を言われても謙遜している僕に対して、周りは違和感を持った表情をしていた。それもそのはず。あんなに憧れていたテレビの世界に入ったのに、本人が喜びの表現をセーブしているからだ。

　天狗になっていい日もあるのかもしれない。そう思って素直に喜びを表現してみると、周りはうれしそうだった。バイトが終わって家に帰ると吉本の社員からメールが来た。

『昨日のテレビを見た業界関係者から、次の仕事の依頼が来ています』

こうして1つの仕事が次の仕事へ。その仕事がまた次の仕事へと繋がっていく。コンビでネタ番組に出ることも増えて、少しずつバイトと芸人の収入が逆になっていった。今までは週6でやっていたバイトも週5になり、週4になり、最終的には余裕がある時だけ働くようになった。

「すいません。ご迷惑おかけします」

「全然いいよ。お前の本業は芸人なんだから」

平気なフリをしてくれているのは手にとるようにわかる。コンビニは24時間経営で、1人でも欠けると店が回らない。その場合は店長がシフトを埋めることになる。週6でシフトに入っていた人間の代わりは簡単に見つからない。

それでも協力してくれる仲間たちは何人かいた。彼らも同じように自分に予定がある時は、誰かに助けを求める。助けてくれた人には、感謝の気持ちとして飲み物を買って渡す。そうやって皆で助け合っているのを見て羨ましかった。

僕だけはシフトを代わってもらっても、何も買うことができていなかった。常に借金があるマイナスの状態で、見栄を張ることができなかったのだ。でもテレビの収入が振り込まれるようになってからは借金もなくなって、皆と同じように感謝を形で表すことができた。

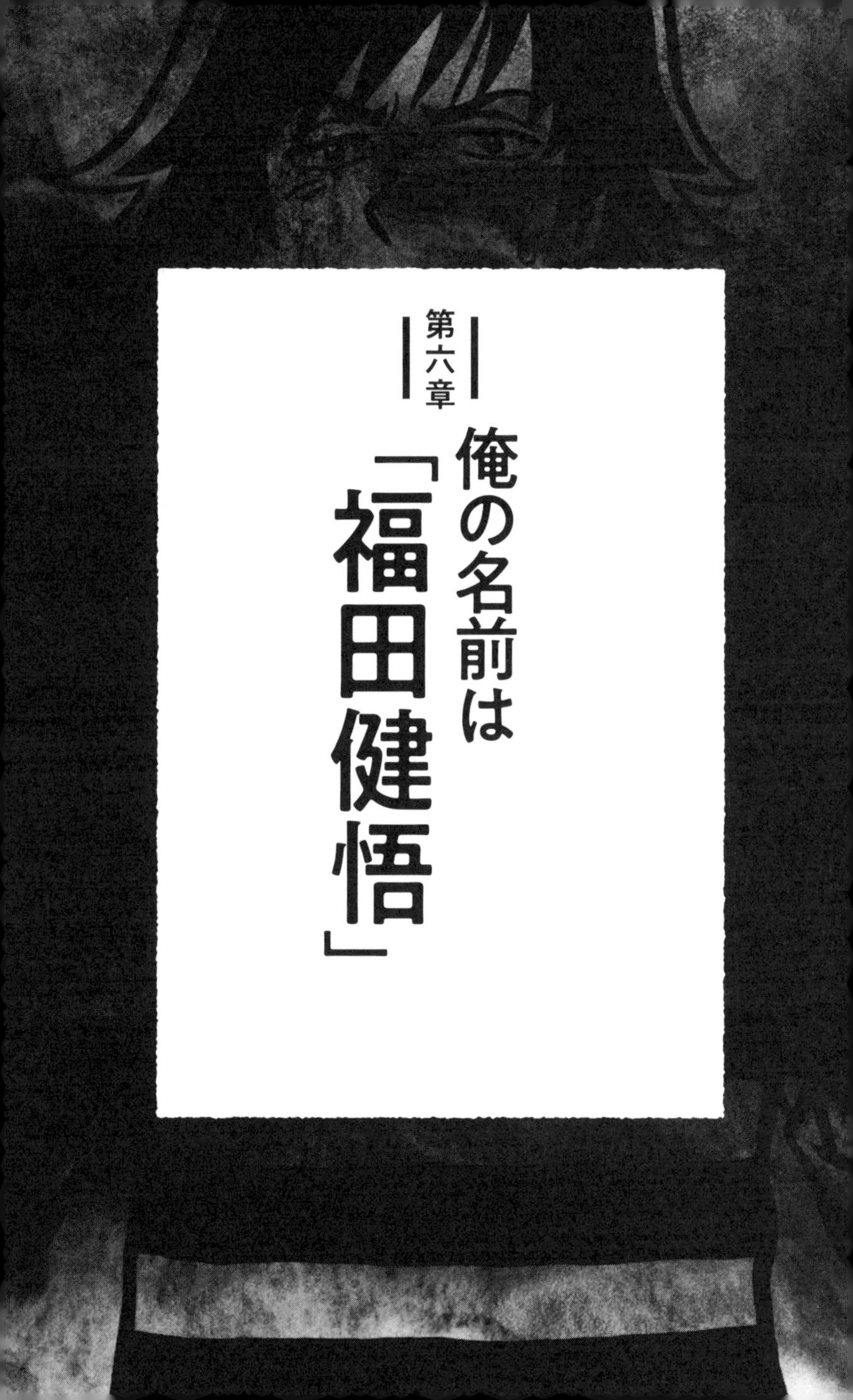

第六章

俺の名前は「福田健悟」

「45」最後の1日

マナミや翔吾と一緒に暮らすために、新しい部屋も借りた。今まで迷惑をかけてきた父や母にも、恩返しの気持ちを届けることができた。あとは名前を取り戻すだけだ。こういう節目になると、必ず現れる男がいる。野口徹朗だ。この予想は的中した。

「福田さん。おめでとうございます。ついに明日を乗り切れば、永久に名前を取り戻せます。昨日の審議会で決定しました」


名前を失ったのは17年前。最初は名前なんか失ってもいいと思っていた。その考え方が変わったのは、マナミとの関係があったからだ。彼女に番号で呼ばれたくはない。名前もないような状態で、翔吾の父親にはなれない。それから本当の意味の更生とは何か?をずっと考えていた。

「健悟の言ったことはな、一語一句、全部覚えてるんだよ」

父のこの一言を聞いて、17年前からずっと黙って見守り続けてくれていた愛の深さを知った。このタイミングで名前が戻るということは、本当の更生とは本当の愛を知ることだったのだろう。気づくのが遅すぎたようにも思えるが、時間がかかったからこそ大きさを知ることができたのかもしれない。

「それにしても不思議だな。最近は忙しくて、更生プログラムのことなんて何も考えてなかったからね」

「それが良いんですよ。真の更生とは、更生をしようと考えてから動くものではありません。考える前に行動をするものです。私は今まで色んな人を見てきましたけど、芸人さんでありながら更生プログラムをクリアした人は初めてです。おめでとうございます。あなたは私の誇りです」

涙ぐまずにはいられなかった。出会った当初は嫌なヤツだと思っていたサラリーマン風の男も今や恩人。彼がいなかったら今の僕もいない。道に迷った時は必ず姿を現して、正しい方向に導いてくれた。

翌日。最後の一日は目覚めもスッキリしていた。仕事のためにテレビ局に向かって収録をする。今まで以上に手応えがあった。タクシーに乗りながら感慨深い思いにふけっていた。

テレビに出始めた時は行きも帰りも車中はドキドキしていたが、今では当たり前になっている。悪く言えば新鮮さが失われて、良く言えば環境に順応し始めたのだ。こうなることをマナミはずっと待ってくれていた。今日は帰ったら婚姻届を取りに行く。そう決めていた。だがタクシーから降りた瞬間に1本の電話がかかってきた。

翔吾だ。

「もしもし」

「……」

「どうした？」

黙っている。うっすら鼻をすすっているような音が聞こえる。泣いているのか？

「……何されても我慢してたんだけど」

「え？」

「気づいたら下に落ちてて、動かなくなってて」

「今どこにいるんだ？」

「どうしよう……」

「いいから場所は！　今どこなんだ！」

「家の近くの薬局の裏……」

嫌な予感がする。電話を切った後で何も考えずに走ったが心のざわつきは止まらない。言われた場所に着いて翔吾の姿を見た瞬間に、考えうる限り最悪のケースが現実に起きていると理解した。

異常なことが起きているのは一目瞭然。汗の量が尋常じゃない。辺りは静かだ。彼の視線の先には、用水路の下に血を流している学生が倒れている。公園で翔吾をイジメていた不良の1人だ。

「最近は何もされてなかったんだけど、急に帰りに声をかけられて、健ちゃんをテレビで見たって。あの時のやつだろって。公園で脅されたことバラすぞって。殴られても我慢してたのに、息ができなくなって抵抗したら用水路に落ちちゃって……」

曲がり角から人の声がした。

「逃げろ」

「でも……」

「いいから逃げろ！　あとは俺が何とかするから！　このことは誰にも言うなよ」

「だって……」

「だってじゃねーんだよ！　絶対に誰にも言うなよ！　わかったな？　翔吾！　返事をしろ！」

泣きながら頷いた。

「約束は破るなよ！　絶対だぞ？　いいか？　よし！　じゃあ行け！　早く！」

離れようとしない翔吾の体の向きを変えて背中を押した。もつれたような走り方で決して早くはなかったが何とか姿は見えなくなった。

マナミと翔吾の幸せのため

「あれ？　ガネーシャの福田さん？　この辺に住んでるって本当……うわーっ！」

赤く染まった用水路の水と倒れている学生の姿を見て、通行人は大声をあげた。異様な空気感を察したのか、後ずさりをしながら誰かに電話をしている。数分後。サイレンの音が聞こえて、3台のパトカーが目の前に止まった。

「何があったんですか？」

「……」

「コッチに来なさい！」

2人の警官に押さえつけられてパトカーに乗せられた。近所の住民は僕を見て怪訝そうな顔をしている。警官も僕の正体には気づいている様子だったが指摘はしない。

署に着いて取り調べ室で尋問が始まった。

「あなた、ガネーシャの福田さんですよね？」

「……」

「あなたがやったんですか?」

「はい」

この後の説明では急に絡んできた学生を口論の末に突き飛ばしたと答えた。あの薬局の近くに家はなかった。目撃者もいない。歩いていたのは通行人が1人だけ。彼が現れたのは翔吾の姿が見えなくなった後だ。


警官は僕の主張を受け入れて部屋を出て行った。30分ほど経って取り調べ室のドアが開く。入ってきたのは警官ではなく野口徹朗だった。一直線に椅子に向かって座るとタメ息をついてこう言った。

「ふぅ。あなたって人は馬鹿な人だ」

「……」

「誰の罪をかぶってるんですか?」

「……」

「あそこで何してたんですか?」

「……散歩だよ」

「それにしては、タクシーを降りてから現場に行くまでの時間が早すぎませんか?」

「散歩って言ったのは言葉のあやだよ。運動のために走ってたんだよ」

「でも被害者の死亡推定時刻から逆算すると、福田さんがタクシーから降りて走って現場に向かったとしても辻褄が……」

「もういいだろ！　俺がやったって言ってんだから、放っといてくれよ」

コイツは何もわかっていない。わかったつもりになっているだけだ。翔吾のことを知っていたら、パンドラの箱を開けるようなことはしない。わかったような顔をして自己満足をしているだけ。

しばらく沈黙が続いて何かを悟ったような顔つきになった野口は、静かにポケットから名刺を取り出した。

法務省　特別監査室　呼称返還係　第一主任　野口徹朗

「その横に書いてあるマーク、何か分かります？」

家紋のようなマークが記されている。

「それは弁護士マークです。実は私は弁護士の資格を持ってましてね。有名な事件も担当したことあるんですよ。今回の被害者は中学生。前に彼女さんの息子である翔吾くんは、中学校でイジメられてるって言ってましたよね？　ひょっとしたらイジメっ子に絡まれて、何かの拍子で用水路に落としちゃったんじゃないですか？」

全てをわかっているのに、蓋をしておけばいい真実を明るみに出そうとしている。何なんだ、コイツは。一体どういうつもりなんだ。

「今回の件は正当防衛になります。私は弁護をする相手が白なら、必ず無罪を勝ち取ってきました。本当は担当の方に肩入れするのは良くないんですけどね。安心してください。私は今日で特別監査室を辞めてきました。これで思う存分あなたの弁護をすることができます」

気持ちは有り難かったが受け入れることはできなかった。彼が実力のある弁護士だという保証は、どこにもない。本人が言っているだけ。仮に翔吾の無実が証明されたとしても、今後の人生で汚名を着せられる可能性は充分ある。

「帰ってくれ」

「でも……」

「いいから」

「私が何とか……」

「早く帰れよ」

「心配しないで……」

「帰れって言ってんだろ！」

「……わかりました」

これで良い。全ては僕のせいだ。翔吾は何も悪くない。翔吾の身に起きたことをマナミに報告しなかったのが間違いだった。

今になって思えば助ける方法は他にもあった。あんな方法をとったがために、イジメをエスカレートさせてしまった。テレビに出ていたのも僕が勝手に選んだ道だ。相手はテレビに出ている僕を見て、スキャンダルのネタになると思って翔吾を脅した。

彼は僕を守るために何をされても我慢していた。そんな子を巻き込んでしまった僕が悪い。おそらく彼は自分のせいだと思っている。そうではないということだけでも、今すぐに伝えたいが叶わない。叶えてもいけない。もう二度と彼らと関わってはいけない。

僕と彼らは何の関係もない。一度も関わったことがない。寂しくても、他に方法を見出すことすら諦めるべきだ。せめてもの救いは婚姻届を出していなかったこと。翔吾から電話があったのは、婚姻届を取りに行く直前だ。このタイミングで良かった。

婚姻後に事件を起こしていたら、2人にも迷惑がかかってしまう。きっとマスコミは面白がる。人殺しであるガネーシャ福田の家族と言われて、散々バッシングをされることくらい容易に想像がつく。幸い今は僕と彼女の関係を知っているのは身内しかいない。

誰かに気づかれて二次被害を招くことは避けられる。叩かれるのは僕だけでいい。気がかりだったのは実家の家族のことだけだった。僕のせいで肩身の狭い思いをすることになる。父にいたっては僕の活躍を見ることが、唯一の楽しみだと言ってくれていた。

体調が悪くても動画を見て笑った日は、普段より安定していると言っていた。おそらく今頃ワイドショーは賑わっている。

有名人が殺人で捕まるニュースなんて聞いたことがない。警官に連れられて向かった先は人生で2度目の留置所だった。ここでのルールは全て知っている。担当の警官はマニュアル通りに説明を進めた。トイレを流す時は看守に頼むこと。お風呂には1週間に1回しか入れないこと。番号で呼ばれること。

「今日からキミは54だ」

逆になっただけか。皮肉なもんだ。「45」と呼ばれるのは今日で最後になる予定だった。確かに「45」と呼ばれることはなくなったが、数字が反転しただけで番号で呼ばれて生きていくことには変わりない。もういい。たぶん出所する頃には、マナミは他の誰かと結婚している。そうなっていてほしい。

ダメだ。泣いている場合じゃない。強くならないといけない。これから約10年は刑務所の中だ。感情は押し殺すべきなのに。何でだろう。悲しくてしょうがない。こうするしかないのに。悪あがきをしてはいけない。今から何が待ち受けているかは全て想定できる。

ここを出た後に行く場所が鑑別所ではないというだけで、刑務所も大した違いはないはずだ。覚悟はできている。そう思っていたのに、1人でいると余計なことを考えてしまう。今から10年後は50歳手前。

殺人犯として顔が晒されている状態で、仕事が見つかるとは思えない。もう何かを望むべきではない。そうだ。何も望まないことだ。

それが今後の人生を生きながらえる唯一の方法だ。1日が経ち、2日が経ち、感情に変化が表れた。取り調べで全ては自分のせいだと言う度に、翔吾の顔が頭に浮かぶ。彼が幸せに暮らしていけるなら、それでいい。他には何も望まない。

苦痛を少しでも和らげるためには、翔吾とマナミが笑顔で暮らしているところを想像するしかない。1週間後。捕まった当初の鬱屈とした気持ちはなくなっていた。17年間で培った前向きに生きるコツは、最悪の状況でも活かすことができた。

これが翔吾のためになると考えたら、幸せだと思えるくらいに吹っ切れていた。ここに来て3回の取り調べを受けたが、昔と同じように根掘り葉掘り尋問を受けた。こうなることは、わかっていた。

何を聞かれてもいいように、事前に全てのパターンの答えを用意しておいた。滞りなく取り調べは終わって刑はほぼ確定。3日後。4回目の取り調べで流れが変わった。

「あなた誰かをかばってるんですか？」

「え？」

「あなたの弁護士が、テレビに出て話してるんですよ」

野口だ。あの野郎。何様のつもりなんだ。許さない。何が何でも話したことを全て撤回させる。

「アイツの言ってることは全て嘘です！　弁護士なんかつけてないし殺したのは僕です。今すぐソイツを止めてください」

「もうすぐ面会に来るそうなんで、自分で伝えてください」

せっかく安定していた精神状態が荒ぶり始める。どこまでアイツは引っ掻き回せば気が済むんだ。

「喜んでください、福田さん。何とか罪は晴れそうですよ」

「取り消せ」

「え？」

「言ったこと全部、取り消せよ！」

「何でですか？」

「何でですか？じゃねーだろ！　余計なことすんなよ！　お前が良いと思ってしてることはな、俺にとっては良いことじゃねーんだよ！」

「それは私があなたに言いたい言葉ですよ」

「はぁ？」

「あなたが罪をかぶることは翔吾くんのためになるんですか？」

「そんなの関係ねーだろ！」

「あなたが17歳で捕まった時は、誰か罪をかぶってくれたんですか？」

「あの時とは状況が違うだろ！　あん時は俺が悪かったけど翔吾は悪くないんだよ！」

「じゃあ悪くないって証明しましょうよ！　あなたは本当は翔吾くんが悪いことしたって、心の中で思ってるんじゃないですか？」

「そんなわけねーだろ！」

「じゃあ何で隠すんですか！　悪いことしてない人が隠れる必要あるんですか？　悪いことしていない人が怯えて暮らさないといけないのは、おかしいでしょ！」

野口徹朗は珍しく声を荒らげた。

「本当のこと言ったって、みんなが信じるとは限んないだろ」

「本当のことを信じないほうが正しいんですか？　嘘をでっちあげるほうが正しいんですか？」

何も言えなかった。自分を責めることが正しいと思っていた。僕が怒ってさえいなければ。僕がテレビにさえ出ていなければ。こう考えることで戦うことから逃げていただけだった。

「今回のケースで言えば、悪いのは彼をイジメていた相手のほうです。あなたがテレビに出てようが出てまいが、そんなことは関係ありません。確かに人の命を奪うのは良くないこと。でも翔吾くんには悪意があったわけではない。自分の身を守っただけです」

全ては彼の言う通りだった。


「人それぞれ乗り越えるべき課題は違います。自分の課題は自分で乗り越えなければならない。彼が自分の課題を自分で乗り越えられないような弱い子だと思いますか？　私は彼に会って強い子だと思いました。あなたは彼を信じてあげることができないんですか？」

首を横に振るしかなかった。

「じゃあ私に任せて下さい。必ず彼の無罪を証明してみせますから」

「……お願いします」

どうか。どうか神様。翔吾を守ってください。離れたところにいる自分には、祈ることしかできない。あまりにも不甲斐なくて情けなかったが、野口徹朗がしてくれたことを思い出した。

彼がしてくれたことで、僕のためにならなかったことは1つもない。信じるしかない。彼なら大丈夫だ。一度は捨て去ろうとしていた希望に、再び灯火がともり始める。そして4日後。

「福田さん。外に出る準備をしてください」

房の施錠が解除されて、牢屋から出るように言われた。警官に連れられて留置所から出ると、マネージャーが待っていた。

「おかえりなさい」

「翔吾は？　どうなった⁉　世間にさらされてないよな？」

「大丈夫です。あの弁護士さんが何とかしてくれました。あれ誰ですか？　テレビに出て世間に訴えることで、世論を味方につけました。福田さんも本来なら犯人隠避で罪に問われるところでしたけど、無罪になりましたよ。翔吾くんのことも徹底的に表に出ないように手を尽くしてくれたみたいです」

どれだけ感謝をしてもしきれない。

「それよりも今はマスコミの対応をしないといけません。外には記者たちが集まっています。短時間ですが、外に出るまでの間にコメントを考えておいてください。いいですか？」

手続きを済ませて外に出ると、多くのフラッシュとシャッター音に包まれた。収まるまで頭を下げ続けて、音が鳴り止むのと同時に記者たちからの質問に答えることになった。

「福田さん！　今回の事件について詳しく教えてください」

少ない時間なりに考えたことを、話そうと思っていた。それは今この場をやり過ごすだけの、表面的な答えだった。でも話し始めたら、知らないうちに自分の胸のうちを全て言葉にしていた。

「福田さんは誰の罪をかぶったんですか？　名前を教えてください」

「名前……か。名前って何なんでしょうね？　実は僕17年前から名前を失ってるんですよ」

記者たちは釈然としない顔をしている。というよりも無表情に近い。そうか。この話は普通の人が聞いても、耳に入らないようになっているんだった。名前を失う物語は失った者にしか理解できない。

「まぁいいや。何を言ってるかわかんないでしょうけど聞いてください。今回の件が起きた翌日に、本当は名前を取り戻せるはずだったんですよ」

「質問の答えになってませんよ」

「今回のことで僕はわかったんです。僕は過去の自分を責めていました。僕なんかが幸せに生きるなんて、あってはならない。そう思ってました。だから正しいことを正しいって言う勇気もなかった」

「ファンの方に何か言うことはありませんか？」

「ファンの方々には、本当に申し訳ないと思っています。せっかく皆さんが応援してくれていたのに、僕は自分のことを認めてませんでした」


場は静まり返っていた。


「自分でさえ認めてない自分を応援してもらおうとするなんて、失礼な話ですよね。だから決めたんです。罪を償って正しい生き方をしている今の自分を認めようって」

「今回のことと何か関係があるんですか？」

「今回のことは裁判で下された判決が全てです。結果は無罪でした」

「ご遺族の方にも同じことが言えますか？」

「そのことに関しましては、心よりお悔やみ申し上げます。生きてさえいれば、償い続けることで許される日は必ずくる。僕自身が身をもって体験して、わかったことです。そのチャンスが失われてしまったことは残念で仕方がありません」

「正当防衛だったと聞いていますが、命を奪うのは過剰防衛だったんじゃないですか？」

「じゃあ何で無罪になったんだと思いますか？　もう僕たちは、充分に社会的制裁を受けました。

無罪判決が出たうえで、償うことはもうありません。もし再び判決がひるがえるようなことがあれば、何度でも戦います。はっきり言います。無罪の人間を責めることも罪だと思います」

こうして会見に幕を閉じた。再び鳴り響くシャッターの音とフラッシュの光を背中に浴びて、記者たちの前から立ち去った。

「お疲れさまです。なんかスゴイ会見でしたね」

マネージャーからしたら嫌な会見だったと思う。これから先どうなるかわからないが、芸能界に戻るつもりなら無難に会見を終えたほうが良かっただろう。

「ごめんな。あんな会見しちゃったら、復帰は難しくなっちゃうよな」

「大丈夫ですよ。世間には福田さんの応援をしてくれる人がたくさんいますから。ただひとつ気になったんですけど、会見の最初に言っていた17年前の話って何だったんですか？　名前を失くしたって言ってましたけど」

不思議に思うのも無理はない。急に名前を失うなんて聞いても信じる人のほうが少な……。あれ？　あの話は更生プログラムに関係ない人の耳には届かないはず。何でマネージャーは理解しているんだ？

実際に今まで僕のことを番号で呼んでいた人たちは、番号で呼んでいる自覚がなかった。さっきも記者会見の時に番号で呼ばれて……。いや、記者は僕のことを福田さんと言っていた。どうなってるんだ？


「これからいくつか会見に出て頂きます。ただ今までの仕事は……」

「わかってる。スポンサーが嫌がるからね。相方は順調にやってる？」

「そのことなんですけど、杉本さんは今後1人でやっていきたいそうで……」

仕方ない。ようやく掴んだ成功だ。1人でやっていける状態なら、まだ良かった。僕のせいで彼の仕事まで奪ってしまったら、謝るだけじゃ済まない。どちらにせよ迷惑をかけたことは事実だ。改めて謝罪の場をセッティングしてもらおう。

この後いくつかの会見を終えた。どの会見でも聞かれたのは僕が罪を被った相手のこと。いくら無罪が認められたとはいえ、翔吾のことは口にできない。

全ての会見を終えて車に乗った時にマネージャーは言った。

「マナミさんを別の場所に呼んでいます。記者に尾けられているでしょうから、家には行かないほうがいいと思ったので」

彼は自分の仕事以上のことをしてくれている。今回のことで相方には別のマネージャーがついて、彼は僕のほうに残ってくれた。会社に言われたからなのはわかるが、仕事を失った男なんかにつきたくないはずだ。

向かった先は吉本の本社だった。到着してすぐに車から降りて、受付の先のドアを開けた。そこにはマナミと翔吾がいた。僕の姿を見るなり、マナミは走って僕の胸に飛び込んで言った。

「健ちゃん、ごめん、ごめんね」

「俺のほうこそ、ごめんね。心配かけたね」

翔吾はうつむきながら頭を下げた。

「ごめんなさい」

「翔吾。お前は謝らなくていいんだよ。悪いのは翔吾じゃないんだから」

翔吾は泣きながらコクリとした。

「マナミ。これからは、しばらく簡単に会えないと思う。それに今後の俺は仕事が減っちゃう。それでも言わないと後悔しそうだから言うよ。結婚しよ」

泣いていたマナミの顔はきらびやかに輝いて、首を縦に振った。

「ヤッター！　福田翔吾が良かったんだ」

「ハハハ、良かった。これからよろしくな、翔吾」

「うん。よろしくね！　お父さん」

名前で呼ばれるよりうれしかった。ようやくわかった。人は名前で呼ばれるかどうかではなく、誰かに認められたいだけなのだ。あくまで自分が認識されている実感を得られるのが、名前で呼ばれる時に多いというだけだ。

それよりも大事なのは自分で自分を認めること。僕は人を笑顔にする存在であって、人の笑顔を奪う存在ではない。17年前の僕は人から笑顔を奪っていた。それが自分の笑顔を奪うことになるとも知らずに。

マナミに出会う前の僕は、自分を満たすことにも関心がなかった。だから人を喜ばせることにも、中途半端になっていた。番号で呼ばれることに妥協していた時も、人を喜ばせることに妥協をしていた。

自分でふさわしくないと思う自分を認める必要はない。今の自分が認められないのなら、認められる自分になればいい。あの頃に戻って、自分に言うことができるなら言ってやりたい。

2人とは別の車に乗って、帰り道の途中で母に電話をかけた。

「ごめん。心配かけて」

「あんたがあんなことするはずないってわかってたよ。これから大変かもしれないけど、健悟なら大丈夫だね。あんたは強いから」

母は僕を信じてくれていた。僕が最終的に翔吾を信じたように。母はずっと前から僕の前を歩いていたのだ。

新しい相方は……

電話を切ると、今後のことについてマネージャーから報告を受けた。記者会見が数回。そのあとは何も予定が入っていない。1、2ヶ月はスキャンダルの前に働いたお金で何とか生活できたとしても、問題は貯金が尽きた後だ。

マネージャーは、世間には僕の応援をしてくれる人が多いと言っていた。それならテレビじゃなくてもいい。僕を信じ続けてくれている人たちのために何かをしたい。1から始めるとなったら、やはり舞台だ。

とはいっても、ファンの皆は漫才師としての僕を応援してくれていた。相方がいない今、どうすればいいのだろう。今の僕とコンビを組みたいという芸人を見つけるのは至難の業だ。1ヶ月が経ち、2ヶ月が経ち、ついに貯金が底をつこうとしていたその頃。

「福田さん。今回の相方募集で一応、応募があったんですけど」

「え⁉　マジで⁉　どんな人⁉」

「いや〜それが……ズブのド素人なんですよ」

贅沢は言ってられない。

「いいじゃん、いいじゃん。今の俺と組みたいって言ってくれてるだけで有り難いんだからさ」

「わかりました。ちなみに今、本社に来てるんですけど。どうしますか?」

善は急げだ。

「そしたら今から行くから待ってもらえるかな?」

どんな人なんだろう。素人なのに今回の募集に応募するということは、相当お笑いが好きな人だ。それに、ここまで来るということは行動力がある。学校のクラスにいる人気者タイプかもしれない。明るくて元気で爽やかな男が相方になったら、今回のスキャンダルでついたマイナスのイメージも払拭されるに違いない。そんなことを考えていたら、気づいた時には本社に着いていた。案内されるがままに、相手がいる部屋に通されてドアを開けると……。何と野口徹朗がニヤニヤして立っていた。

「あれ?　何してんの?」

「私じゃダメですか?」

「ちょっと待って!　俺とコンビ組みたい人がいるって野口さん?」

「昔から、お笑いが大好きだったんですよね。コンビ名なににします？」

「急にそんなこと言われても……」

「あ！　わかった！　私と福田さんに共通しているものにしましょうよ」

「共通してるもの？」

「私は福田さんの名前を取り戻す係でした。いわば、心の牢獄から自由になるのを手伝ったようなもの……。あ！　良いの思いついた！　こんなのどうですか？」

「なに？」

「プリズンフリー」


数ヶ月後。劇場の休憩室で野口はソワソワしていた。

「あぁ、緊張する。緊張するなぁ。こういう時はどうすればいいんですか？」

「大丈夫だって。とりあえず何か飲んでリラックスしたら？」

「あぁ、そうですね。緊張して喉がカラカラだ。えぇと、何にしようかな」

「ピッ」

「あ、何するんですか？　僕は今コーヒーなんて飲みたい気分じゃないのに」

「これは俺のだから」

「そんな。じゃあ、お金払ってくださいよ」

「忘れた？　前に喫茶店であんたが飲んだコーヒー、会計の時に100円足らなかったんだよ。あんときの貸し。これでチャラな」

「執念深い人だなぁ～……まぁいいですよ。ぇぇと、じゃあ僕は……」

野口が飲み物を選び終わる前に、スタッフが駆けつけた。

「プリズンフリーさん、準備はよろしいでしょうか？」

たくさんの人で埋まっている客席には翔吾とマナミも座っていた。

「どうもー。プリズンフリーです。よろしくお願いします」

「いやーうれしいですね。たくさんのご来場ありがとうございます。僕らのこと知らない方もいらっしゃると思うので、自己紹介から始めましょうか」

「そうですね」

「皆さんから見て左の僕は野口徹朗と言いまして、彼の名前は……」

「はい」

「45です」

「誰が45だよ！　俺は45じゃない！　俺の名前は、福田健悟だ」

45

著者　福田健悟（ふくだけんご）
イラスト　東風孝広（こち たかひろ）

令和5年2月28日　初版発行

装 丁　森田直／佐藤桜弥子（FROG KING STUDIO）
校 正　株式会社東京出版サービスセンター
編 集　中野賢也（ワニブックス）
構 成　若林優子

企画協力　松野浩之、佐藤佑一、新井治、太田青里（吉本興業株式会社）

発行者　横内正昭
編集人　岩尾雅彦
発行所　株式会社ワニブックス
〒150-8482
東京都渋谷区恵比寿4-4-9えびす大黒ビル
電話　03-5449-2711（代表）
03-5449-2716（編集部）
ワニブックス HP　http://www.wani.co.jp/
WANI BOOKOUT　http://www.wanibookout.com/
WANI BOOKS NewsCrunch　https://wanibooks-newscrunch.com
印刷所　株式会社 光邦
DTP　株式会社 三協美術
製本所　ナショナル製本

定価はカバーに表示してあります。

落丁本・乱丁本は小社管理部宛にお送りください。送料は小社負担にてお取替えいたします。

ただし、古書店等で購入したものに関してはお取替えできません。

本書の一部、または全部を無断で複写・複製・転載・公衆送信することは法律で認められた範囲を除いて禁じられています。

©吉本興業株式会社2023
ISBN 978-4-8470-7283-3